LE SECRET DE
NOTRE HISTOIRE

Franck Delahaye

LE SECRET DE
NOTRE HISTOIRE

Autoédition

ISBN : 978-2-9564387-0-0
© Franck Delahaye 2016
Tous droits réservés.
Couverture : Franck Delahaye

Il y a parfois des vérités qui restent longtemps cachées, par volonté ou par oubli, et puis, il y a celles qui refont surface, ou ne vous quittent jamais vraiment. Mais un jour, la vérité finit toujours par triompher et elle ne donne pas toujours le résultat que l'on attendait.

I

UNE QUESTION SANS REPONSE

On pourrait penser que cette histoire commence en 1976, à environ soixante-seize millions de kilomètres de la Terre, quand l'orbiteur Viking 1, s'apprête à prendre des photos de la planète Mars. Mais ce n'est pas tout à fait le cas en réalité. Ce que je m'apprête à vous raconter, n'est que le début d'une histoire bien plus ancienne encore.

Sur Terre, la Nasa reçoit les premiers clichés tant attendus de la planète Mars. La secrétaire entre dans le bureau du directeur de la Nasa pour lui transmettre ces premières photos.

— Monsieur le directeur, nous venons de recevoir les photos de la planète Mars.

— Merci Mademoiselle Onyle, montrez-moi ça. Bon sang, qu'est-ce que c'est que ça ? dit-il à voix haute.

— Je ne sais pas Monsieur le directeur, mais c'est surprenant, en effet.

— Est-ce que le labo est dessus ?

— Absolument Monsieur le directeur, ils sont en train d'analyser les images.

Le directeur quitte son bureau pour rejoindre le labo, il est très intrigué par les photos qu'il tient entre ses mains, il demande à son responsable, s'il a une idée de ce qu'il voit sur celles-ci.

— John, tu as vu ça ? Qu'en penses-tu ?

— Pour le moment je n'ai pas de réponse, mais c'est très surprenant.

— Est-ce que tu penses pouvoir l'expliquer rapidement ?

— Je ne sais pas si ces photos me permettront d'être formel ; je vais voir ce que je peux faire, mais je pense qu'il me faudra d'autres éléments, peut-être avec d'autres prises de vues.

— Très bien, fais ce que tu peux, mais ne tarde pas trop. Tiens-moi au courant dès que tu as des choses intéressantes à me communiquer. Le directeur quitte le laboratoire et retourne dans son bureau passer quelques coups de téléphone et informer de la nouvelle.

A la Nasa, Ted et Jack démarrent leur carrière, ils sont passionnés par l'astronomie. Ted est subjugué par ce qu'il voit, il ne peut s'empêcher de téléphoner à Jack qui est de repos ce jour-là.

— Jack, si tu voyais ce que j'ai entre les mains, je crois que tu serais déjà là !

— Ne me fais pas marcher Ted, dis-moi que c'est encore une de tes blagues ?

— Je t'assure que non, on vient de recevoir les photos de Mars et il y en a une qui est vraiment très étonnante.

— Raconte-moi, ne me fais pas venir juste pour ça.

— Ça vaut le coup tu peux me croire, sinon je ne te demanderais pas de venir, mais tu peux aussi attendre demain, si tu veux, lance-t-il.

— C'est bon, tu as gagné, ok, j'arrive, j'espère que ça en vaut la peine en tout cas, sinon ça va barder pour toi !

— Crois-moi, ça vaut le coup.

Ted raccroche le téléphone et regarde la photo, il est tout excité par ce qu'il voit.

Quelques minutes plus tard, Jack arrive à la Nasa, il se dirige directement au laboratoire pour rejoindre son ami Ted, il sent comme une effervescence autour de lui, une excitation un peu inhabituelle.

— Alors Ted, qu'est-ce qu'il y a de si important ?

— Regarde un peu cette photo.

Ted lui tend la photo, et voit le visage de son ami se transformer,

— La vache ! mais qu'est-ce que c'est que ça ?

— Comme tu dis, je n'en sais rien, je regarde cette photo depuis un petit moment et je n'arrive pas à me convaincre qu'il ne s'agit que d'un effet d'optique.

— C'est vraiment troublant, qu'est-ce qu'ils en pensent à côté ? Ont-ils une idée ?

— Pour le moment ils sont comme nous, ils ne l'expliquent pas encore, ils ne sont pas sûrs de ce qu'ils voient.

— J'espère qu'il ne va pas nous falloir attendre 50 ans pour savoir de quoi il s'agit, ce serait vraiment dommage !

— Tu as raison, ce serait même injuste.

Le regard de Jack se perd sur la photo, qui montre un visage sur le sol de Mars, ce qu'on appellera un peu plus tard, le visage de Mars. Est-ce une immense sculpture ? Est-ce un message ? Est-ce un dessin ? Est-ce un effet d'optique ? En 1976, personne ne semble encore pouvoir répondre à cette question.

II

LES RÉVÉLATIONS

En 2031, le monde s'apprête à vivre un moment histori-que : une présentatrice de télévision, annonce ce qui va se passer demain ; l'homme va pour la première fois de son histoire, poser les pieds sur Mars.

— Comme vous le savez, demain est un grand jour pour la conquête de l'espace. Pour la première fois de son histoi-re, l'homme va poser les pieds sur Mars. Toute la journée nous reviendrons sur cet événement, que nous suivrons évidemment en direct et en compagnie de mon invité, le professeur Winess. Professeur bonjour.

— Bonjour, bonjour à tous.

— Professeur, quand on est chercheur comme vous, quand on est passionné par l'astronomie, quand on a passé sa vie dans cet univers, dans ce milieu, qu'attend-t-on d'un moment comme celui que nous allons vivre demain ?

— Vous savez, nous n'allons que très rarement physi-quement sur une planète, pour ne pas dire jamais, tant nos premiers pas sur la lune remontent à très longtemps main-tenant. Nous disposons de belles images, de belles photos, mais pouvoir y poser les pieds est autre chose. Cependant, pour être honnête, mis à part l'extraordinaire exploit que cela représente, on ne s'attend pas à grand-chose dans l'immédiat, car il faudra un peu de temps pour examiner les lieux et ce que les astronautes, nous apporteront par la suite. Et de plus, je dirai que...

Dans le même temps, au Vatican, le Pape regarde éga-lement les images, il est en compagnie de l'un de ses pro-ches, Monseigneur Pirolin. Ce Pape qui vient tout juste d'être nommé après la démission du Pape précédent, est le premier Pape noir de l'histoire, il a un air de ressemblance avec Morgan Freeman, la même voix, la même prestance. On sent chez lui comme une contrariété, quelque chose le dérange.

— Votre Sainteté, est-ce que vous êtes sûr de prendre la bonne décision ? demande Monseigneur Pirolin.

— Nous n'avons pas le choix. Ce qui se passe en ce moment risque de révéler au monde entier certaines choses, je ne crois pas que nous pouvons continuer à assumer seuls… Nous devons en parler à une haute autorité, je crois que c'est le moment.

— Je comprends votre Sainteté, mais avez-vous tenu compte des conséquences ?

— Ça fait des siècles que nous connaissons les conséquences ! mais aujourd'hui c'est différent, aujourd'hui nous n'avons pas le choix ! lui répond agacé le Pape.

Le Pape quitte la pièce, son visage est grave. Il se dirige lentement vers son bureau, s'assoit calmement comme concentré sur quelque chose, puis il ouvre une boîte devant lui, il réfléchit un peu et décroche son téléphone.

— Monsieur le Président.

— Bonjour votre Sainteté, je ne m'attendais pas à votre appel, que me vaut cet honneur ? répond le Président des États-Unis, surpris.

— Il faut que je vous rencontre, j'ai des choses importantes à vous dire.

— Heu, oui quand voulez-vous ?

— Mon avion décolle dans une heure, je serai là dès demain.

L'échange fut bref, le Président a un peu de mal à comprendre cet appel, le fait que le Pape souhaite le voir soudainement est anormal. Qu'est-ce qu'il peut bien y a voir de si urgent ? s'interroge-t-il.

Le lendemain, à Washington, Ted et Jack ne travaillant plus à la Nasa, puisque tous deux retraités, sont bien évidemment, toujours aussi passionnés par l'astronomie. Ce jour est un jour particulier pour eux, car cette fameuse photo prise en 1976 sur Mars, représente un peu, le début de leur carrière. Les deux hommes se sont réunis autour d'un verre pour pouvoir vivre ce grand moment ensemble, ils regardent les images à la télévision, aussi excités que des gamins. Jack tend une copie de la photo à son ami Ted.

— Ted, te souviens-tu de la photo au moins ?

— Tu parles que je m'en souviens ! tout ce temps passé ! toutes ces années à attendre ! pouvoir enfin poser nos pieds sur cette planète et en savoir plus. Je m'en souviens comme si c'était hier, tu l'as toujours ?

— Bien sûr que je l'ai encore ! j'attends ce jour avec impatience, je n'oublierai jamais la première fois que nous avons reçu cette photo, il y a si longtemps déjà, nous avions tellement envie d'en savoir davantage.

Nous y sommes, c'est le moment, qu'allons-nous trouver ? Cette attente aura-t-elle valu la peine ?

— Nous avons la chance de vivre ce moment Jack, c'est une belle récompense, une chance formidable pour nous, quoi que l'on trouve, c'est un grand jour, la boucle sera bouclée…

Ted et Jack se tournent un peu pour écouter la présentatrice à la télévision. Les images étant diffusées partout dans le monde.

Dans le même temps, le Président des États-Unis est lui aussi en train de regarder son écran, en compagnie de l'un de ses ministres. Il attend l'arrivée du Pape.

— Allan, c'est un grand jour pour le monde. Pour les États Unis d'Amérique, ce jour restera dans l'histoire de l'humanité.

— Absolument, nous n'avons pas vécu un moment aussi important depuis si longtemps ! C'est une bonne chose pour l'avenir, ceci donnera plus de volonté et de conviction à la conquête de l'espace. Il y a un engouement réel autour de cet événement, c'est vraiment formidable !

— Oui, je sens une grande fierté autour de cet exploit, les États-Unis d'Amérique retrouvent leur place, nous sommes des leaders et nous resterons des leaders.

Le téléphone sonne et le Président décroche.

— Oui, ok, faites-le entrer.

— C'est votre rendez-vous ? demande Allan, très bien, je vous laisse.

— Oui merci Allan, on se retrouve un peu plus tard.

Le ministre quitte le bureau du Président et le Pape fait son entrée dans la foulée.

— Je suis très heureux de vous recevoir aujourd'hui votre Sainteté, un jour si important pour le monde.

— Je vous remercie Monsieur le Président, c'est effectivement un grand jour, un très grand jour même.

L'expression du Pape intrigue un peu le président.

— Pour être franc avec vous votre Sainteté, je ne vous cache pas que notre conversation téléphonique d'hier, m'a beaucoup intrigué.

— Je vous comprends monsieur le Président, et croyez-bien que je m'en serais volontiers passé.

Mais j'ai de grandes révélations à vous faire. Je crois qu'il est temps aujourd'hui pour nous de vous révéler certaines informations, que le Vatican garde secrètes, depuis bien trop longtemps maintenant.

Le ton utilisé par le Pape, inquiète un peu plus le Président, mais il essaye de le dissimuler.

— Je vous en prie, asseyez-vous.

— Je vous remercie.

Le Pape et le Président se tournent un instant vers l'écran de télévision pour écouter ce que la présentatrice dit, concernant l'évolution et l'approche des hommes, vers Mars.

— Professeur Winess, en ce moment, même si nous sommes encore loin de la descente, que se passe-t-il dans la tête des astronautes ?

— Vous savez, ce sont des professionnels qui sont préparés à ce moment, ils ont fait un très long voyage pour ça, j'imagine qu'ils doivent être impatients de poser les pieds sur cette planète. Ils vont entrer dans l'histoire, ils le savent très bien et …

Le Président se tourne vers le Pape.

— Pardonnez-moi votre Sainteté, mais j'ai disposé un écran ici pour pouvoir suivre en même temps l'évolution et l'arrivée des hommes sur Mars. Je sais que ce n'est pas très correct, mais je ne pouvais pas ignorer un événement comme celui-là, mais je vous écoute, je suis très impatient et intrigué par ce que vous avez à me dire.

— Ne vous inquiétez pas, je comprends parfaitement, c'est un moment important pour nous tous, c'est tout à fait normal.

Le Pape semble se crisper un peu. Il est subitement plus soucieux, les traits de son visage se ferment, sa voix monte d'un cran, le ton est un peu plus direct, il fixe le Président.

Ce que j'ai à vous dire Monsieur le Président, vous risquez de ne pas en croire vos oreilles, cela risque fort de remettre en cause tout ce que vous savez sur nous et notre histoire. J'ai longuement réfléchi avant de prendre cette décision, mais je crois que nous ne pouvons plus aujourd'hui, garder ces informations pour nous.

Avant tout, je tiens à vous dire que si nous avons gardé ce secret, c'est uniquement dans l'intérêt du monde, dans l'intérêt des hommes et surtout par respect de son histoire, je dis bien, par respect de son histoire. Plus le temps passait, plus il devenait difficile, voire impossible d'en parler. Et même si aujourd'hui, nous pouvons penser que cela était une erreur, c'est un choix qui ne nous a pas appartenu.

Le Président n'a pas lâché un instant le regard du Pape, il est comme hypnotisé, qu'est-ce que le Pape peut avoir de si important à lui dire ? il continue de garder son calme et tente encore une fois de dédramatiser la situation.

— Écoutez, je n'ai aucune idée de ce que vous voulez me dire, de ce que vous pouvez savoir, mais je ne porterai pas de jugement, je vous le promets. Je vois bien que cela semble important pour vous.

— Oh, mais ce n'est pas important pour moi Monsieur le Président, répond sèchement le Pape, c'est important pour nous tous, ce que j'ai à vous dire, c'est que nous savons que le Jésus que nous connaissons tous, n'a pas réellement existé, nous savons ce qui s'est réellement passé à Jérusalem et je suis ici pour vous le raconter.

Le Président se demande s'il n'est pas en train de rêver, le Pape lui disant que Jésus n'a pas existé...

III

L'HISTOIRE

An 28. Jérusalem.

Il y a beaucoup d'agitation à Jérusalem. Les Romains sont à la recherche de quelque chose, mais ils ne semblent pas savoir eux même exactement de quoi il s'agit, autour d'un secret qui prouverait la venue du Messie, ou quelque chose comme ça.

— Qu'est-ce que cela donne de votre côté, en savez-vous un peu plus ? demande un Romain à un autre.

— Non, pour le moment ils nous disent tous ne pas savoir de quoi on parle.

— Ce n'est pas possible, il faut continuer, ils vont finir par nous le dire.

— Nous mettrons la ville à feu et à sang s'ils ne parlent pas, ils finiront par parler, je vous l'assure.

A l'extérieur de la ville, Jésus est comme on le connaît, calme, spirituel, il est en compagnie d'un jeune garçon avec qui il échange. Sa façon de parler est saisissante, son calme est impressionnant, l'enfant est sous le charme et lui pose plusieurs questions chaque fois qu'il se trouve avec lui.

— Bien sûr que je suis sûr que le Messie viendra un jour, je ne sais pas quand, mais je sais qu'il viendra. dit Jésus.

— Mais comment peux-tu en être aussi sûr ?

— Tu le sauras bientôt et tu verras surtout qu'il est déjà avec nous, il se trouve au plus profond de chacun d'entre nous.

— Jésus, pourquoi est-ce aussi important pour toi de m'apprendre cette ancienne langue ?

— Parce que cette langue te montrera justement que Dieu est en chacun de nous, mais qu'il nous faut en prendre conscience. Ce langage est le langage des Dieux. Je sais aussi que viendra le moment où ce sera à toi de continuer la transmission de ce langage et de ce que je te donnerai un jour.

Ne m'en demande pas plus pour le moment ; tu comprendras plus tard qu'il y a les choses que je sais et celles que je ne sais pas, qu'il nous faudra encore en apprendre et d'autres que nous ne saurons peut-être jamais. Mais ce dont je suis sûr, c'est que le jour viendra.

— D'accord Jésus, mais ou as-tu appris tout ce que tu sais ? tu es le seul qui me parle comme ça ici !

Jésus ramasse un bâton et trace des signes sur le sol.

— Tu vois, cet ensemble de signes, on appelle ça, l'écriture cunéiforme. Ce qui est écrit ici, on ne peut pas vraiment le traduire dans notre langue, parce que ce sont des mots qui n'existent pas vraiment dans notre monde, qui sont ignorés de tous. Il y a l'esprit, mais il y a aussi le mental, nous avons une connaissance de l'esprit, mais nous sous-estimons le mental. Ces signes sur le sol, expriment la force qui est en chacun de nous, la persuasion, l'abnégation, et la volonté absolue.

Les mots ont un pouvoir de guérison. Si tu as la foi, tu peux changer un âne en cheval, tu peux convaincre un paysan de devenir un puissant combattant, tu peux même guérir n'importe qui, juste parce que tu auras trouvé les mots qu'il faut. Ces textes expliquent la puissance des mots, si on les maîtrise correctement avec tout ce qui les entoure.

— Ça paraît tellement impossible...

— Pour les hommes, c'est impossible, mais pour Dieu tout est possible et Dieu est en chacun de nous, n'oublie jamais ça.

Regarde ce beau papillon, avant de savoir voler, c'était une chenille, son cocon, c'est ta volonté personnelle d'apprendre, de savoir, qui te transformera. Un jour, toi aussi tu voleras à ta façon, par la connaissance, par le savoir.

Continue de travailler. La prochaine fois nous parlerons des apparences.

— Les apparences ? Que veux-tu dire ?

— Il y a beaucoup de choses à dire sur les apparences tu verras. Il y a celle d'une personne qui pourrait se faire passer pour une autre. Imagine un Romain qui s'habille en paysan, tu pourrais être assez naïf pour croire que c'est un vrai paysan, non ?

— Oui c'est vrai.

— Il faut toujours se méfier des apparences, parfois ce que l'on croit voir n'est pas la réalité. Quand tu rêves par exemple, tu as l'impression que tout est vrai, tu ressens des choses au plus profond de toi, mais ce n'est qu'une illusion, rien n'est réel. Je te laisse réfléchir à tout ça, demain tu essayeras de me trouver d'autres exemples, d'accord ?

— D'accord Jésus, je vais essayer.

Jésus quitte les lieux pendant que le jeune se met à réfléchir, il part rejoindre Pierre, qui est très inquiet par ce qui se passe en ville et lui raconte un peu ce qu'il en pense.

— Jésus, les Romains sont à la recherche de quelque chose, je me pose des questions, quelqu'un ne nous aurait-il pas entendu parler ? C'est étrange ce qui se passe en ville. Ils parlent d'un secret qui prouverait que le Messie est déjà venu ou qu'il viendrait prochainement, ils ne savent pas vraiment, mais ça ne peut pas être un hasard tu ne crois pas ?

— Je ne sais pas, mais c'est très embêtant en effet, nous ne pouvons pas rester les bras croisés, nous devons trouver quelque chose, nous devons agir.

— Mais que pouvons-nous faire ? Je ne voudrais pas que ça remonte jusqu'à toi et pour le moment ce ne sont que des rumeurs de toute façon.

— Je le sais, mais à cause de cela beaucoup de gens sont torturés en ce moment. Ils n'arrêteront jamais, toute cette violence doit cesser d'une manière ou d'une autre, je ne supporte pas cette souffrance des autres par ma faute, je dois assumer.

— Je ne vois pas ce que nous pouvons faire, tu ne vas quand même pas leur dire ?

— Il n'en est pas question, moi vivant, je ne serai jamais celui-là. Jésus est embarrassé par la situation, le poids d'une responsabilité semble lui peser sur les épaules.

Pierre, tu sais que je n'aurais jamais dû t'en parler, mais tu sais aussi combien j'ai confiance en toi et combien j'ai besoin de toi. Je regrette sincèrement de t'avoir mêlé à ça, pardonne-moi.

— Ne sois pas fou Jésus, tu sais que tu peux compter sur moi, je serai toujours près de toi. Que comptes-tu faire, as-tu une idée ?

— Je ne sais pas encore, nous devons réfléchir, nous devons trouver une solution.

Jésus est surpris par une agitation dehors. Il sort pour regarder ce qui se passe, Pierre le suit. Il découvre un homme, qui arpente les rues de Jérusalem pour annoncer l'arrivée du Messie.

— L'heure est proche, le Messie arrive, croyez-moi, repentez-vous, car le royaume des cieux est proche, préparez le chemin du seigneur, aplanissez ses sentiers, hurle-t-il en marchant.

Jésus est étonné de voir que cet homme traîne, une foule importante derrière lui ; les gens semblent réceptifs à son message, il passe juste devant lui, Jésus se tourne vers Pierre et lui demande.

— Connais-tu cet homme ?

— Oui c'est Jean Baptiste, il arpente la ville depuis deux jours pour dire que le Messie va bientôt arriver.

— C'est intéressant, ça me donne peut-être une idée, réfléchissons un instant.

Jésus entre à l'intérieur de la maison, suivi de Pierre. Il se dirige vers une cache sous un tapis, ouvre une petite trappe et en sort une boîte, de laquelle il sort délicatement un livre étrange, le regarde avec admiration puis s'adresse à Pierre.

— Quand j'étais petit, ma mère me disait qu'un jour, notre Dieu viendrait nous chercher. Je n'ai jamais bien compris ce qu'elle voulait dire par venir nous chercher ; elle m'apprit que c'était ce que son père lui racontait tout le temps. Il lui disait aussi qu'il fallait absolument garder cette chose et ne jamais la montrer à personne, que c'était extrêmement important. Son père lui avait dit que ça avait parcouru un très long chemin. Il lui enseigna ce que cela voulait dire, c'est son père avant lui qui lui avait appris et cela remontait très loin dans le temps d'après eux.

Elle m'a également appris à le comprendre et m'a demandé de le transmettre un jour, c'est ce que je suis en train de faire aujourd'hui. Elle me disait que quand je comprendrai, ce que cela veut dire, je n'aurai plus de doute sur l'existence de Dieu, car ce qui y est écrit me disait-elle, dépasse le savoir de l'homme.

Elle ne savait pas plus que moi ou un autre, avant elle, en tout cas, à sa connaissance ce que cette chose faisait là, mais elle était persuadée qu'un jour nous le saurons.

Aujourd'hui, je sais qu'elle avait raison, il y a des choses qui ne peuvent venir que de Dieu lui-même. Tous les signes que tu peux voir dans cette chose, nous expliquent les faiblesses de l'homme, sa crédulité, les failles de notre cerveau et comment le manipuler, l'influencer.

D'après cette chose, nous pouvons arriver à faire croire tout ce qu'on veut si on utilise les bonnes méthodes, qu'il suffit de faire croire une chose à deux ou trois personnes, pour que celles-ci se chargent de la répandre à des centaines et des milliers d'autres personnes. Ainsi, même une non vérité, peut devenir un événement véritable et important. Plus il y a de personnes convaincues, plus elle s'imposera comme la vérité qu'il deviendra difficile de combattre.

J'ai passé beaucoup de temps à comprendre précisément comment cela fonctionnait et je pense que si Dieu nous l'a donné, c'est pour que nous l'utilisions à notre tour un jour. Je pense que nous devons l'utiliser aujourd'hui, contre les Romains et rendre notre terre à notre peuple.

— C'est de la folie, comment comptes-tu faire ça ? lui répond Pierre très surpris.

— Une multitude de personnes doit nous suivre pour commencer, un peu comme avec ce Jean Baptiste, il faut attirer le regard des Romains à un autre endroit.

— Heu, oui mais que veux-tu dire exactement ?

— Il faut créer un événement qui sera si important que les Romains ne s'intéresseront plus qu'à ça. Imagine que tu sois préoccupé par vendre tes oranges et que tu vois ta maison brûler ? Tu oublieras complètement tes oranges et tu te précipiteras pour arrêter le feu, n'est-ce pas ?

— Évidemment, mais où veux-tu en venir ? Tu ne vas quand même pas mettre le feu à la ville ?

— Bien sûr que non, mais tu me dis que ce Jean Baptiste est persuadé que le Messie va arriver ?

— Oui ils sont nombreux à en être persuadés en tout cas.

— Et toi ne l'es-tu pas ?

— Si bien sûr, mais je ne suis pas sûr que ce soit pour tout de suite, contrairement à eux.

— Nous sommes tous convaincus qu'il viendra, et c'est ce dont il faut se servir, afin de faciliter notre tâche. Nous devons faire en sorte qu'il arrive et qu'il arrive le plus vite possible. Nous allons nous servir de ce que j'ai appris grâce à cette chose pour créer son arrivée. Les Romains seront déstabilisés et penseront qu'ils ont trouvé ce qu'ils cherchaient.

— Jésus, tu es devenu fou, tu finiras condamné à mort pour blasphème si tu fais ça.

— Oh mais je ne vais rien faire, rien imposer, je ne vais rien prétendre, c'est le peuple qui le fera lui-même, c'est lui qui parlera à notre place, c'est lui qui sera impressionné.

— Mais comment comptes-tu t'y prendre ? c'est de la folie, c'est impossible !

— Les Romains ne s'arrêteront pas tant qu'ils n'auront pas trouvé ce qu'ils cherchent. Crois-moi, ces méthodes sont impressionnantes. J'ai pu, par le passé essayer certaines choses et j'ai été stupéfait par le résultat, voir comment les gens avaient envie de croire, surtout quand cela allait dans le sens de ce qu'ils voulait entendre justement. Il n'y a rien de plus facile crois-moi, il faut juste tendre des filets et ils se jetteront dedans tout seuls. Mais, il nous faut quand même un minimum de préparation, ne perdons pas de temps. Suis ce Jean Baptiste et fais une liste d'une dizaine de personnes qui te semblent croire en lui, celles qui sont les plus convaincues. Entends ce qu'elles disent, leurs messages, leurs attentes que nous puissions nous en servir. On aura aussi besoin d'au moins deux personnes très hostiles envers les Romains, elles nous seront utiles pour faire diversion, je compte sur toi. Il ne faut leur parler de rien, que de la reconquête de notre terre, ils ne doivent penser qu'à ça, c'est très important.

— Très bien, je vais voir ce que je peux faire, dit Pierre désemparé.

— De mon côté, je vais réfléchir à notre façon de procéder, il faut que je parle à Jacques aussi. J'aurai besoin de lui, retrouvons-nous ce soir pour en parler tous ensemble.

— Entendu, je pars de ce pas rejoindre Jean Baptiste.

— Pierre, je t'en demande beaucoup, je le sais. Mais quoi qu'il arrive il te faudra porter ce message, ne jamais revenir en arrière, en as-tu conscience ?

— Si cela peut redonner de l'espoir et de la fierté à notre peuple, alors je serais jusqu'au bout avec toi.

— Merci Pierre.

Les yeux de Jésus se posent sur la couverture de ce livre mystérieux qui a pour titre, Secte, Illusion, Psychologie, en langage Sumérien.

Le Président des États Unis se lève subitement et, perturbé, se demande si le Pape n'est pas devenu fou.

IV

LES PREUVES

— Avec tout mon respect votre Sainteté, qu'est-ce que c'est que ces conneries ? Que me racontez-vous ? Que vient faire cette chose, ce livre, est-ce une blague ?

— Je sais que cela peut vous paraître fou, mais ce que je vous dis est la vérité. Jésus, avec l'aide de Pierre et de son frère Jacques, a mis en scène toute son histoire pour préserver ce mystérieux livre. Jésus s'est servi de Jean Baptiste pour détourner l'attention des Romains, qui cherchaient quelque chose suite à une rumeur. Ils ont dans un premier temps utilisé des paysans qu'ils ont impressionné et qui deviendront très vite les apôtres de Jésus. Ce livre lui a apporté un savoir que l'époque ignorait encore. Jésus a réussi à sauver ce livre, mais n'a pas réussi à sauver sa vie.

Les Romains le suspecteront, car il réussira largement au-delà de ce qu'il espérait lui-même, la foule le suivait partout, il devenait dangereux pour le pouvoir. Ils finiront par le crucifier, mais il sera sauvé la même nuit et ses apôtres feront en sorte que Jésus reste à jamais le Messie. Pierre et Paul parcourront les terres pour dire ce qu'il a fait et vous connaissez la suite. Jésus s'est sacrifié pour ne pas décevoir sa mère, pour ne pas dévoiler ce secret, mais aussi parce qu'il est allé trop loin et qu'il ne pouvait plus décevoir son peuple. Il ne pouvait plus faire marche arrière, il n'avait pas pris conscience de ce qu'il allait représenter pour eux, il était condamné.

Plus tard, afin d'éviter des problèmes avec ce livre, c'est Jacques qui l'a récupéré et comme lui avait demandé Jésus, ils ont écrit un autre livre, celui qu'on nomme la bible. C'est elle qui a pris le relais et qui a permis de faire oublier l'existence de ce livre mystérieux. Un peu plus tard encore, c'est le Vatican qui le récupéra.

— Toute cette histoire est incroyable, permettez-vous que je me serve un verre ?

— Je vous en prie Monsieur le Président.

— Vous voulez boire quelque chose ?

— De l'eau je vous prie.

Le Président se lève, il est très perturbé par ce qu'il vient d'entendre, il ne sait qu'en penser, ceci est tellement fou que ce soit le Pape lui-même qui lui raconte une chose pareille.

Tout en servant les verres, il écoute la présentatrice télé pour savoir où en sont les astronautes qui arrivent sur Mars.

— Comme vous pouvez le voir sur ces images, la navette se rapproche de plus en plus de la planète Mars. Nous ne sommes plus qu'à quelques heures d'un exploit historique pour l'homme. Professeur, c'est le grand moment ?

— Je crois qu'on ne mesure pas encore l'importance de ce que nous vivons aujourd'hui, nous allons enfin pouvoir explorer le sol et peut-être même le sous-sol de Mars, c'est vraiment fantastique ! je suis vraiment impatient.

De leur côté, Ted et Jack n'ont rien loupé, ils sont scotchés devant leur télé.

— Jack, te souviens-tu que nous avions fait un pari ?

— On en a fait des centaines de paris Ted !

— C'est vrai, mais celui-là doit être le seul où l'on pensait ne jamais savoir qui de nous deux aurait raison...

— Depuis ce temps, on est à peu près sûr qu'il ne s'agit pas d'un visage mais d'une colline qui donne cette impression de visage.

— A peu près sûr, comme tu dis, mais on n'en a jamais eu la certitude.

— Ce n'est pas faux, plus que quelques heures et nous le saurons.

Le Président se rassoit calmement en face du Pape, il boit une petite gorgée de son whisky préféré, puis prend le temps de le savourer. Il aimerait tant que cet instant n'ait jamais existé. Malgré tout, il est intrigué, curieux d'en savoir plus, ce n'est pas n'importe qui, qui lui raconte cette histoire, il s'agit là du Pape en personne.

— Je suis un peu perdu votre Sainteté, je ne vous cache pas que j'ai le sentiment d'une mauvaise blague, mais en même temps j'ai beaucoup de respect pour vous. Ce livre c'est quoi exactement ? D'où vient-il ? Existe-t-il vraiment ? L'avez-vous entre vos mains ?

— Oui Monsieur le Président, nous l'avons, nous avons les preuves de ce que je suis en train de vous dire, mais laissez-moi vous parler d'autres choses.

Vous connaissez l'affaire Roswell bien sûr, je sais exactement ce que vous avez trouvé ce jour-là.

— Que voulez-vous dire ? Dit le président inquiet.

— Je peux vous raconter ce qui s'est certainement passé si vous voulez, je sais très bien que toute la vérité n'a pas été dite.

— Tiens donc, et que savez-vous exactement ?

— Ce soir de 1947 Monsieur le président, une…

Le Président n'a pas le temps de digérer sa surprise concernant Jésus, que le Pape enchaîne déjà sur une autre histoire, semblant être au courant de certaines choses, qui laissent le président pantois, allant de surprises en surprise.

1947, États-Unis, Nouveau Mexique, il pleut, la nuit tombe, les lieux sont encerclés par l'armée, la tension est palpable ; le Colonel William Blanchard et le Lieutenant Walter haut arrivent en hélicoptère.

— Lieutenant, interrogez tout de suite le témoin, et ensuite rejoignez moi derrière.

— A vos ordres mon Colonel.

Pendant que le colonel s'éloigne vers l'arrière d'une tente, le Lieutenant entre à l'intérieur de celle-ci, qui sert de camp de base.

— Bonsoir, je veux voir la personne qui était sur les lieux et qui nous a contactés.

— Bonsoir, c'est moi, je m'appelle Mac Brazet, je suis le propriétaire du ranch qui se trouve derrière.

— Enchanté, je suis le Lieutenant Walter Haut, j'ai besoin de savoir ce que vous avez vu, et si vous avez vu autre chose que ces débris ?

— Non, je n'ai trouvé que ça, je n'ai pas vraiment cherché, j'ai prévenu tout de suite le Shérif car je sais que c'est une zone militaire et très rapidement c'est l'armée qui a débarqué.

—Quelqu'un était-il avec vous à ce moment-là ?

— Non j'étais seul, mais pouvez-vous me dire de quoi il s'agit ?

— Pour le moment je ne peux encore rien dire, je ne suis pas encore allé sur les lieux. Rentrez chez vous, je vous recontacterai un peu plus tard, et évitez de parler de quoi que ce soit pour le moment, ça ne servirait à rien.

— Très bien, je reste à votre disposition.

Le Lieutenant quitte la tente et se dirige vers l'arrière pour rejoindre le Colonel William Blanchard.

— Avez-vous trouvé quelque chose mon Colonel ?

— Je crois qu'on peut dire ça Lieutenant, venez voir.

Les deux hommes font quelques pas, puis le Colonel sort une lampe de sa poche.

— Regardez.

— Bon sang, qu'est-ce que c'est ? Vous avez une idée mon Colonel ? On dirait une chose venue de l'espace, vous ne trouvez pas ?

— C'est possible, je ne sais pas, je n'ai jamais vu une chose pareille en tout cas, on dirait comme une sorte d'énorme capsule, c'est irréel ! Je ne sais pas comment ça a pu arriver là, si c'est par les airs, mais c'est impossible qu'il se soit posé là sans qu'on le voit et de toute façon, vu la façon dont il est enterré, à mon avis il ne vient pas d'arriver.

— Oui vous avez raison, c'est surprenant, comment est-ce possible ? Pensez-vous que c'est un coup des Russes ?

— Je n'en ai vraiment aucune idée, mais je ne crois pas, avez-vous interrogé les gens aux alentours, qu'ont-ils vu ?

— Pour le moment, je crois que seul le propriétaire du ranch a trouvé quelque chose, mais rien de vraiment significatif, je pense.

— Tant mieux, Je pense qu'il va nous falloir créer une diversion, il ne faut pas affoler la population le temps qu'on en sache un peu plus.

— Par contre, je doute qu'on puisse vraiment lui faire confiance, avec les journalistes qui tournent autour et qui veulent en savoir davantage.

— Bon, je vais contacter le Président pour lui expliquer la situation et voir comment on va gérer ce problème.

— Bien mon Colonel.

Le Colonel quitte le lieu et se dirige vers son QG improvisé où il prend directement contact avec le Président.

— Oui monsieur le Président, très bien monsieur le Président, je m'en occupe tout de suite.

Le Colonel raccroche le téléphone, après avoir pris les informations, puis s'adresse à son Capitaine.

— Capitaine, nous devons organiser le déplacement de cette chose, de cette capsule, appelez-ça comme vous voulez, mais il faut le faire dans les plus brefs délais et dans la plus grande discrétion possible. Je ne veux pas voir d'hommes à moins de 500 mètres d'ici, il faut faire en sorte que le moins de monde possible la voit, c'est compris ?

— Bien mon Colonel.

— Nous allons aussi créer une diversion, un imbroglio autour de cette affaire, il y a trop de journalistes qui s'y intéressent. Demain, il faudra faire circuler plusieurs rumeurs, ballon sonde, essai militaire, et même les plus farfelues si vous voulez, ce n'est pas mon problème, extra-terrestre si ça vous chante, tant que les journalistes ont de quoi broder, ça les occupera, plus il y aura de rumeurs, moins ils en sauront.

— A vos ordre mon Colonel.

Dans le bureau Ovale, le Président n'en croit pas ses yeux, le Pape ne peut pas inventer cette histoire, puisqu'il sait lui-même que c'est la réalité.

— C'est stupéfiant, comment pouvez-vous savoir tout ça ? J'avoue que je suis sidéré, c'est un coup de bluff, pour savoir la vérité ?

— Je sais tout ça, parce que je sais d'où vient la capsule Monsieur le Président.

Le Président manque de s'étouffer avec son Whisky.

— Vous savez d'où vient la capsule ? Mais comment ? nous même, n'avons jamais su ? Et pourquoi n'avoir jamais rien dit alors ?

— Vous savez, comme je vous le disais tout à l'heure, pendant très longtemps, certains secrets sont restés bien gardés pour des raisons que vous comprendrez un peu plus tard, mais je sais que parfois l'envie de tout dire, de tout dévoiler a existé, tout du moins, juste après la dernière guerre mondiale.

— La dernière guerre mondiale ? Que vient faire la der-nière guerre mondiale là-dedans ?

— Disons que nous avons eu à ce moment-là au Vati-can, des informations qui ont beaucoup perturbé le pape Pie XII à l'époque. Nous n'avons jamais eu la certitude de l'existence de ces événements, je tiens à le préciser, jamais rien n'a pu être démontré, ni confirmé, mais le doute a vraiment existé.

Ça concerne des fuites, certaines personnes auraient eu vent de ce qui s'était réellement passé à Jérusalem, nous pensons que les fuites venaient directement du Vatican.

L'affaire Dreyfus, vous connaissez cette histoire ? Ce qui s'est passé en France de 1894 à 1906 ?

— Bien sûr que je connais cette histoire, ce capitaine juif, de l'Armée Française, accusé d'avoir livré aux Allemands des documents secrets et qui est devenu par la suite en France, une véritable affaire d'état.

— Ces documents secrets Monsieur le Président, contrairement à ce qu'on disait à cette époque, n'étaient pas militaires. Ils n'étaient autres qu'un récit de ce qui s'est passé à Jérusalem et l'emplacement où se trouve la capsule que vous avez retrouvée un peu plus tard.

Nous sommes à peu près sûrs qu'ils n'ont jamais eu de traces physiques, mais il s'en est fallu de peu.

Par contre, nous pensons que par la suite, en Allemagne cette histoire est remontée jusqu'aux oreilles de Hitler, qui n'a cessé dès lors de vouloir exterminer les juifs. Nous pensons qu'Hitler était très intrigué par ces rumeurs qui avaient circulé en Allemagne. Suite à cette histoire, il a développé une véritable paranoïa et une haine envers les juifs. Ils les a rendus responsables de toutes sortes de complot, à une époque où ils avaient déjà mauvaise presse.

Hitler était croyant, mais il n'a cessé d'imaginer que sa religion n'était qu'un leurre, organisé par des juifs, ça l'a rendu totalement fou.

Jamais nous n'en aurons la certitude, mais à cette époque le Vatican était persuadé que cela avait joué dans sa folie meurtrière. Malheureusement Hitler ne détenait pas toutes les informations pour comprendre le sacrifice de Jésus, il n'a vu que le côté religion, usurpation, alors que Jésus avait donné sa vie pour une cause beaucoup plus importante à ses yeux.

Comme je le disais, nous ne sommes pas certains de ça, mais ces événements nous ont beaucoup troublés à l'époque, même si cela n'aurait peut-être pas empêché le génocide qui a suivi. A partir de ce moment-là, la question s'est vraiment posée pour Pie XII de dire la vérité, c'était trop. Mais il était désemparé, il ne savait pas comment le monde réagirait face à ce genre de révélations, car le Vatican ne disposait que de peu de preuves.

Et puis, il faut être honnête, Jésus nous avait permis d'exister pendant des siècles, comment avouer cela ? Comment remettre en cause ce que nous avions défendu et protégé pendant des années et avouer que ce n'était pas la vérité ?

Même si nous n'avions fait que suivre un chemin qui nous avait été tracé, le poids de la responsabilité était trop important. Rendez-vous compte, des conséquences chez les croyants ?

— Mais dans ce cas, pourquoi me dire ça aujourd'hui ? Je ne comprends pas.

Le Pape se lève et regarde les images à la télévision.

— Nous n'avons pas tout compris tout de suite, nous avions ce livre, une carte et une sorte de dessin dans cette boîte.

Le Pape sort de son sac la boîte, il l'ouvre et en sort le livre.

— Ce livre qui est apparu pour la première fois à notre connaissance à l'époque de Jésus, comme je vous le disais tout à l'heure, nous ne connaissions pas sa provenance, nous n'avons rien su de plus pendant longtemps.

Et puis, il y a eu ce jour de 1947 ou à l'endroit indiqué sur cette carte, le Pape sort cette dernière de sa boîte, il se passe l'affaire Roswell. Sur cette carte, il est écrit véhicule, en sumérien, avec le dessin d'une sorte de capsule, au Vatican ils ont tout de suite compris que ça avait un rapport avec ce livre, mais quoi ?

— Oui quoi ? Et pourquoi venir m'en parler aujourd'hui, pourquoi maintenant, je ne comprends toujours pas ?

— Pourquoi aujourd'hui, pourquoi maintenant ?

Le Pape marque un temps d'arrêt, puis d'un mouvement de la tête invite le Président à regarder l'écran de télévision.

— Parce que je sais ce que vous allez trouver sur Mars Monsieur le Président, ou plutôt, je m'en doute un peu.

— Quoi ? Que dites-vous ?

Le Président n'en revient pas, il est ébahi par ces révélations, il fixe les yeux grands ouverts, l'écran de télévision. A ce moment précis, les astronautes arrivent sur le sol de Mars, la présentatrice annonce que l'on devrait pouvoir entrer en contact avec eux.

V

UNE REPONSE

— Nous y sommes, après les premiers pas sur la lune, l'homme pose enfin ses pieds sur Mars. Nous devrions entendre d'un instant à l'autre les premiers mots des astronautes. Professeur Winess, un commentaire ?

— Je n'ai pas de mot pour décrire ce moment, c'est tout simplement incroyable ! c'est vraiment magnifique ! Deux des astronautes descendent de la navette et touchent enfin le sol de Mars, les deux hommes font des gestes pour saluer leurs exploits, l'un d'eux entre en contact avec la terre.

— Bonjour la terre.

Un peu partout dans le monde c'est la folie, les populations fêtent cet événement, heureuses de vivre l'exploit avec eux. Cette planète rouge qui pendant tant d'année a fait parler d'elle, combien de livres ? Combien d'histoires écrites sur elle ou grâce à elle ? Combien de films, et combien d'espoirs d'y découvrir un jour la vie ? Cette planète rouge va enfin se dévoiler à nous ; nous y sommes, elle ne pourra plus nous échapper ! une page de ces histoires va se tourner pour toujours, plus rien ne pourra s'y écrire, de la même façon.

— Ici le Commandant Briman, en ce jour historique, je veux dédier ce grand moment à Neil Armstrong, qui avait dit cette phrase magnifique, en posant les pieds sur la lune, « Un petit pas pour l'homme, un grand pas pour l'humanité » et lui dire, que son immense petit pas, nous a permis, aujourd'hui, de réaliser un pas de géant jusqu'à cette planète rouge. Nous sommes fiers d'avoir réussi ce défi pour l'humanité, nous sommes fiers de continuer leur travail aujourd'hui.

35

Ce que je peux déjà vous dire de la planète Mars, c'est qu'il fait très froid ici, heureusement que nous avons nos combinaisons, car, je pense qu'on ne résisterait pas long-temps. Maintenant nous allons nous approcher de cette colline qui a fait couler beaucoup d'encre par le passé et faire un repérage des lieux.

Sur Terre, Ted et Jack se regardent, rigolent, puis trinquent ensemble, ils ont un peu l'impression que cette phrase s'adresse à eux. Les deux astronautes avancent lentement dans leurs combinaisons, et finissent par atteindre la colline, puis grimpent quelque mètres. La voix du Commandant change un peu de ton, en s'adressant à Mitch, le cameraman qui le suit.

— Mitch, peux-tu venir par ici s'il te plait ?

Le Commandant essaye tant bien que mal d'essuyer ou d'enlever quelque chose qui gêne ce qu'il veut voir.

— J'arrive Commandant.

— Il y a, je ne sais pas, c'est bizarre, essaye d'éclairer un peu là.

— C'est mieux mon Commandant ?

Le Commandant semble s'exciter, il va un peu plus loin, enlève des pierres qu'il éjecte de la colline, puis frotte à nouveau, les téléspectateurs sont un peu troublés par l'inquiétude du commandant.

— Non de Dieu.

— Que ce passe t-il mon Commandant ?

— Je crois qu'il s'agit bien d'une statue.

Sur terre c'est la stupéfaction, les téléspectateurs sont sous le choc, la commentatrice reçoit des informations dans son oreillette, elle ne sait plus ce qu'elle doit faire et demande si elle doit continuer l'émission.

Le téléphone sonne dans le bureau du Président, une voix lui demande s'ils doivent faire interrompre les images.

Le Président fixe le Pape qui semble le mettre face à ses responsabilités, il prend un temps de réflexion puis répond.

— Non, continuez la diffusion.

Pendant ce temps, les deux astronautes, continuent leur découverte.

— C'est stupéfiant, nous devons continuer les recherches un peu plus loin.

— Bien mon commandant, je vous suis, mais je ne comprends pas, je pensais que l'on savait depuis la dernière prise de photos de Mars, qu'il s'agissait d'une colline ?

— Je ne comprends pas non plus, mais si on regarde l'état, la poussière, les gravats qui se sont accumulés ici, je pense qu'il y a eu une tempête ici, quelque chose qui a modifié considérablement l'aspect de ce visage et nous a induit en erreur, je ne vois que ça.

Nous devrions nous approcher de cette colline là-bas, nous trouverons peut-être autre chose. Mais avant, nous devons sortir le véhicule.

— Ok, retournons à la navette.

Le Président et le Pape regardent les astronautes retourner à leur navette.

— Vous le saviez, n'est-ce pas ? Comment avez vous su que ce livre, que cette capsule venaient de Mars ?

— Oui Monsieur le président, nous le savions, nous le savions grâce à ce graphisme. Le Pape sort un dessin de la boîte sur lequel on distingue clairement une immense statue, avec le visage de Mars, dessiné en rouge, exactement comme la carte.

— Nom de Dieu, c'est inimaginable, le Président est au bord du gouffre, il ne s'attendait vraiment pas à ça.

— Nous n'avons jamais su avant 1976 que ce dessin venait de Mars, c'est à ce moment-là seulement que nous avons compris.

— C'est un cauchemar, qu'est-ce que c'est que cette histoire ?

— C'est une histoire incroyable ! je vous le confirme, nous vivons avec depuis longtemps maintenant, et ce n'est pas facile, croyez-moi.

— Mais qu'est-ce qu'ils sont venus faire ici, pourquoi ce livre, cette carte ? Que s'est-il passé ?

— Ça par contre c'est une question que je me pose encore aujourd'hui, je n'en sais rien du tout et j'aimerai bien le savoir, moi aussi.

— Je ne sais pas si j'ai bien fait de laisser la diffusion des images, on ne sait pas ce qu'on peut encore trouver maintenant, qu'en pensez-vous ?

— Au contraire Monsieur le Président, je crois que vous avez bien fait, c'est impossible de couper maintenant, le monde entier regarde ces images, vous rendez-vous compte de ce qui se passe ?

— Ça pour me rendre compte, je me rends compte, c'est une journée incroyable, je ne sais pas ce que nous allons découvrir encore et je suis quand même très inquiet.

De leurs côtés, Ted et Jack se sont laissés tombés sur le canapé, les deux hommes n'en croient pas leurs yeux.

— Nom d'un chien Ted.

— C'est incroyable, même si on y avait pensé, j'ai l'impression de n'y avoir jamais vraiment cru, je suis stupéfait.

— C'est exactement ça, c'est… je ne sais que penser, je ne suis plus si sûr de l'avoir souhaité finalement.

Sur le plateau de télévision, la présentatrice s'adresse à son invité, le professeur Winess

— Professeur, c'est incroyable ce qui se passe ce soir.

— Oui, nous avons cherché un signe de vie au fin fond de l'univers et ce soir nous avons la preuve que la vie extra-terrestre a existé et cela sur l'une des planètes les plus proches de la nôtre. C'était un soir historique, c'est devenu un soir qui va changer l'humanité, c'est un tournant, nous ne verrons plus jamais l'univers de la même façon.

— Ils sont en route vers la colline, nous pouvons reprendre le direct avec eux.

Le véhicule prend la direction de la colline, le Commandant s'adresse à la Nasa.

— Allo la terre, ici le Commandant Briman, est-ce que vous m'entendez ?

— Nous vous entendons parfaitement commandant.

— Très bien, nous avons pris un peu de matériel et le Capitaine Blaugra est avec nous cette fois-ci.

— Très bien, mais ne prenez pas de risque inutile, sachez que le monde entier vous regarde, jamais un événement n'avait à ce jour attiré autant de monde.

— Ne vous inquiétez pas, nous allons voir si nous trouvons autre chose, d'autres traces de vie, mais si on ne trouve rien on reviendra sur cette statue pour essayer de la découvrir d'avantage.

— Très bien Commandant.

Les Astronautes arrivent enfin sur les lieux.

— Bon les gars, nous allons nous approcher de cette zone sombre là-bas, Capitaine Blauga, vous fermez la marche et vous guidez Mitch.

— Très bien mon Commandant.

— Mitch tout est ok pour toi ?

— OK pour moi, mon Commandant.

— Parfait allons-y.

Les astronautes se rapprochent de la zone sombre, qui laisse apparaître une paroi.

— Cette paroi est étrange, vous ne trouvez pas ?

— Si mon Commandant, elle ne semble pas naturelle.

— On va la longer.

— Regardez Commandant, on dirait qu'il y a comme une faille dans le sol tout au bout de la paroi.

— Oui, approchons-nous pour voir.

Une fois arrivés au bout de la paroi, les hommes se penchent pour essayer de voir à l'intérieur de cette faille.

— Cela semble profond.

— Capitaine, essayez de faire descendre une lampe.

Le Capitaine utilise une corde et fait descendre une lampe qui éclaire comme s'il s'agissait d'une pièce.

— Incroyable, on dirait comme une sorte de local.

— Nous devons descendre, Capitaine, approchez le véhicule.

— Bien mon Commandant.

Sur Terre, la tension est à son comble, les gens suivent l'évolution des astronautes comme s'ils étaient avec eux sur la planète Mars.

Le Commandant s'accroche à un câble et va entamer la descente à l'aide du treuil du véhicule.

— Je descends le premier, ensuite quand je serai descendu, Mitch tu me rejoindra, Capitaine vous restez ici, en retrait.

— Bien mon commandant.

Après une longue descente le Commandant arrive en bas., avec sa lampe, il éclaire autour de lui.

— Ça semble aller ici, ça ressemble plus à des murs lisses qu'à une grotte, tu peux descendre Mitch.

— Très bien Commandant j'arrive.

Mitch descend à son tour, une fois en bas, la caméra fait découvrir le lieu aux millions de téléspectateurs, l'endroit semble descendre en profondeur.

— Mais ça va où comme ça ?

— Je n'en sais rien, nous allons essayer d'avancer un peu.

— Capitaine, nous allons essayer de nous enfoncer un peu pour voir, mais ne perdons pas le contact radio.

— Ok commandant, tenez-moi informé de ce que vous voyez.

— Pour l'instant c'est un peu difficile à dire, mais on dirait bien que nous sommes dans un endroit qui n'a rien de naturel, il y a comme une immense paroi un peu plus loin.

— On dirait aussi qu'il y a eu comme un tremblement de terre par ici, un truc comme ça, il y a plein de blocs de pierre, des gravats, des fissures.

— Il faudrait pouvoir franchir cette espèce de mur et voir ce qu'il y a derrière, je pense qu'il n'est pas là par hasard… continuons de chercher un peu. Après avoir parcouru une centaine de mètres, Mitch s'adresse au Commandant.

— Commandant, regardez sur la partie droite en haut, on dirait qu'il y a comme une brèche, il y a peut-être une ouverture.

— Oui tu as raison, on va essayer de longer en montant sur cette espèce de mont de pierre, allons-y doucement.

Après un petit effort, les deux hommes arrivent en haut.

— Capitaine, me recevez-vous toujours ?

— Cinq sur cinq mon Commandant.

— Bien il y a une ouverture, on va essayer de se glisser pour voir si on arrive à atteindre l'autre côté du mur.

— Très bien mon Commandant.

Les deux hommes se glissent dans la faille étroite et parviennent finalement de l'autre côté.

— Capitaine, est ce que vous me recevez toujours ?

— Affirmatif mon Commandant, est-ce que vous êtes de l'autre côté ?

— Oui Capitaine, on dirait que nous sommes dans une autre salle.

Il y a des dessins ou des symboles au mur, je n'arrive pas à voir ce que c'est, nous allons continuer encore un peu.

— Ce dessin mon Commandant, on dirait une araignée.

— Oui, c'est étrange, j'ai l'impression d'avoir déjà vu ça quelque part.

Le Commandant éclaire la zone un peu mieux. Dans les locaux de la télé, c'est une grande surprise pour le Professeur Winess, qui s'étonne en direct de ce qu'il voit.

— Bon sang, ce sont les mêmes symboles que les lignes de Nazca.

La présentatrice est surprise par l'intervention spontanée du professeur.

— Lignes de nazca, que voulez-vous dire Professeur ?

— Oui, ce sont les mêmes symboles que l'on trouve sur le sol du Pérou, c'est incroyable.

Les téléspectateurs sont stupéfaits, le monde entier est en train de découvrir que non seulement il y a eu une vie sur Mars, mais qu'en plus ils sont venus sur notre Terre.

De son côté le Président se tourne vers le Pape en s'adressant à lui.

— Les choses semblent se confirmer votre Sainteté, ils sont bien venus jusque chez nous.

—Je n'avais aucun doute là-dessus Monsieur le Président, mais maintenant nous ne sommes plus les seuls à le savoir.

Ted et Jack vont d'étonnement en étonnement.

— Mais alors si ce sont les mêmes symboles que les lignes de Nazca, cela veut dire qu'ils sont venus sur notre Terre ?

— J'en étais sûr, j'ai toujours été convaincu que nous avions été visités par le passé, les voilà enfin nos Martiens, la preuve de leur existence, on les a enfin démasqués, dit Ted.

— D'accord, admettons, mais alors pourquoi ces dessins sur notre sol ? Pour quelles raisons ?

— Heu, ça je n'en sais rien, j'avoue.

Les deux hommes, subjugués se retournent devant leur écran de télévision et regardent les astronautes continuer leur exploration.

— Mitch, regarde on dirait qu'il y a un passage là sur ta gauche.

— Oui, je vais voir si j'arrive à le déblayer.

— Attends je vais t'aider.

Le passage est encombré par des pierres, les deux astronautes finissent par le dégager et entrent dans une autre salle.

— C'est étonnant, ça ressemble un peu à une salle de réunion, quelque chose comme ça, dit le Commandant.

— C'est vraiment étrange comme sensation, regardez juste à côté de vous, on dirait un livre.

— Oui tu as raison, le Commandant s'empare d'un gros livre.

— Qu'est ce que c'est ?

— Je n'en sais rien, c'est étrange, c'est en pierre, il y a comme des textes gravés dessus, des morceaux semblent mobiles, c'est vraiment bizarre.

— Regardez, il y avait autre chose en dessous.

— Oui tu as raison, qu'est ce que c'est que ça, on dirait un autre petit livre.

— Il y a même un écran là-bas mon Commandant.

— Un écran ? S'il y a un écran, alors ça veut dire qu'il y a eu de l'électricité ici, regarde si tu ne trouves pas d'interrupteur ou quelque chose comme ça.

— Bien mon Commandant.

Le Commandant met les deux livres dans son sac, puis les deux astronautes commencent à chercher.

— Mitch, je crois que j'ai trouvé quelque chose.

— Qu'est-ce que c'est mon Commandant ?

— Ça ressemble à un gros interrupteur je crois, je vais essayer de le mettre en marche.

— Ok mon Commandant.

— Capitaine, est ce que vous me recevez toujours correctement là-haut ?

— Oui, parfaitement mon Commandant.

— Très bien je vais enclencher cette manette.

Le Commandant actionne la manette, une lumière s'allume et l'écran se met en marche. Partout dans le monde, c'est la stupéfaction.

— Bonjour, je suis Diras Chef Suprême de Mars.

Un étrange visage apparaît sur l'écran, un visage qui ferait presque peur ; il ressemble à une espèce se situant entre l'homme et le singe, visage très fin, très maigre, la voix est brutale, les gestes nerveux, le langage utilisé n'est pas compris par les astronautes, le monde est sous le choc.

— Je ne comprends pas ce qu'il dit, est-ce que quelqu'un comprend quelque chose ? Est-ce que vous pouvez nous répondre ?

Après un petit moment de silence, le professeur Winess reprend ses esprits.

— Heu, je crois, ça ressemble à du sumérien, oui c'est bien ça, mais comment est-ce possible ?

— Vous comprenez ce qu'il dit professeur ? lui demande l'animatrice télé.

— Oui, enfin, je crois, je crois que je peux essayer de le traduire oui.

— Incroyable, nous pouvons faire la traduction en direct, j'espère que la Nasa nous entend, nous pouvons faire la traduction en direct de notre plateau télé, est-ce que quelqu'un m'entend ?

— Commandant, ici la Nasa, le professeur Winess comprend ce langage et peut faire la traduction, je vous mets en direct avec eux afin que vous puissiez vous aussi entendre la traduction. Peux-tu remettre au début ?

— Je vais regarder, je ne suis pas sûr de pouvoir.

A ce moment-là, Mitch rabaisse brusquement la manette et coupe le courant.

— Mais qu'est ce qui te prend Mitch ?

— C'est le meilleur moyen pour reprendre au début.

— Bon sang, j'espère que tu as raison, sinon…

Mitch remet le courant et le discours reprend au début, le Professeur fait la traduction qui est à son tour traduite dans le monde entier.

— Bonjour, je suis Diras, Chef Suprême de Mars.

J'ai mis en place ce générateur pour que vous puissiez un jour, je l'espère, entendre ce que j'ai à vous dire. J'ai réalisé cet enregistrement pour que vous sachiez qui nous sommes, comment nous avons vécu ici. Je ne sais pas qui vous êtes, si même un jour quelqu'un trouvera cet enregistrement, mais j'espère qu'il vous servira, si c'est le cas.

Nous avons fait des choses formidables, mais nous avons aussi commis beaucoup d'erreur…

46

VI

UN AUTRE MONDE

Il y a très longtemps, sur Mars.

Bien que beaucoup plus petite, Mars a quelques ressemblances avec la Terre, si ce n'est qu'il n'y a qu'un seul continent, qu'un seul océan et qu'il y fait plus froid. La lumière et les couleurs sont différentes également. La vie ne semble exister, qu'à proximité de cet océan ; partout ailleurs, ça ressemble à un désert rouge, parsemé de ruines. La civilisation est différente de celle de notre Terre, les habitants y sont beaucoup plus petits, plus minces, avec un visage ressemblant à celui du Chef Suprême, mi-homme, mi-singe. Une particularité pourrait nous étonner pour nous humains, c'est cette contradiction qu'il pourrait y avoir entre le physique de cette espèce et son intelligence, toute relative. Non pas qu'ils soient très intelligents, mais on pourrait dire à titre de comparaison, qu'ils ont une intelligence, qui ne doit pas se situer très loin de celle de l'homme du siècle dernier. Les mâles et les femelles, portent des vêtements semblables, ressemblant à des combinaisons, de différentes couleurs pour les mâles, mais uniquement de couleur anthracite pour les femelles, qui ont en plus une capuche. Le mâle domine nettement la femelle dans ce monde, elle n'a pas droit à la parole, pour les choses importantes, elle est mise à l'écart, elle est même très souvent humiliée verbalement, seul Adamha combat ouvertement cette vision des choses, mais il est bien seul.

Ce monde n'a pas de pays, il ne fait qu'un, il n'a qu'un seul dirigeant, le Chef Suprême.

L'architecture est différente de la nôtre aussi, elle ressemble à ces ruines archéologiques des Mayas que l'on trouve au Mexique, dans leur forme un peu pyramidale mais en plus « moderne » d'une certaine façon, tout en étant dans un état de délabrement avancé.

On dirait que le temps s'est arrêté. Il n'y a pas grande activité à l'extérieur. Tout semble vide, ce monde semble proche du chaos. Un peu en retrait d'une ville composée de divers bâtiments pyramidaux, un immense camp semble avoir été modifié, pour éviter toute intrusion. Ce camp ressemble à une ancienne base spatiale. Un peu au loin derrière, on peut voir comme un appareil, debout, prêt à s'envoler. A l'intérieur de ce camp, on aperçoit également, un impressionnant visage, ressemblant à celui de la photo prise en 1976, le visage de Mars.

Le cœur de cette base, est un peu plus vivant, il y a du monde qui circule, mais aussi des animaux un peu étranges, qui ne servent qu'à la compagnie, ou aux travaux, dans ce monde, ils sont végétariens. Aujourd'hui, tout le monde s'active, ils s'apprêtent à faire un voyage vers la planète Bleue, un voyage qui ne sera pas sans risque, puisque jamais ils n'ont réalisé un voyage aussi long. Kolas, qui est le responsable de la mise en œuvre des opérations, va aux informations.

— Il ne nous reste plus beaucoup de temps, Kirma où en sommes-nous pour le décollage ? L'appareil sera-t-il opérationnel dans les temps ?

— Je pense que oui, nous avons fait le maximum, il ne nous reste plus qu'à tout embarquer et le décollage aura lieu comme prévu dans trois jours.

— Parfait, Podar, qu'est-ce que ça donne au niveau des installations en sous-sol ? Tout fonctionne-t-il correctement ?

— Je pense que nous avons réussi. Ce que nous avons mis en place est vraiment étonnant, je n'étais pas sûr qu'on puisse y arriver. Nous effectuons les derniers tests et nous descendons les derniers éléments pour finaliser.

— Très bien, dès que tout est ok, contactez Oruna pour qu'il puisse planifier la descente comme prévu, il ne faut plus perdre de temps, dépêchez-vous !

— Ce sera fait, répond Podar d'une voix plus douce et craintive.

— Demain c'est l'assemblée générale de toute la base, le Chef Suprême s'exprimera, on se retrouve demain.

Dans les chambres de repos de la base spatiale, l'heure est à l'inquiétude pour Adamah et Hawwa.

Adamah et Hawwa, sont beaucoup plus jeunes. Ici, Hawwa baisse sa capuche, elle semble plus à l'aise. Leurs physiques ne sont pas plus beaux, mais leur jeunesse les rend un peu plus agréable à voir, leurs poils semblent plus propres, moins abîmés. Adamah fait part de son ressenti à Hawwa qui semble être inquiète par ce voyage.

— Nous approcher de la planète Bleue sera pour nous le moyen de savoir si cette planète peut nous être utile à l'avenir, peut-être que nous y découvrirons des choses importante, tu ne crois pas ?

— Je suis d'accord Adamah, mais nous n'avons jamais effectué un voyage comme celui-là.

— Je le sais, mais nous n'avons pas vraiment le choix, si nous voulons aider notre monde, nous devons essayer d'aller voir ce qu'il y a sur cette planète bleue, c'est notre seule chance.

— C'est vrai, mais nous allons rester si longtemps sans nous voir, je ne sais pas si je vais pouvoir le supporter, j'aimerais tellement faire ce voyage avec toi.

—J'ai demandé à Kolas de voir ce qu'il pouvait faire, mais tu sais comme moi que c'est impossible pour une femelle, je ne sais même pas s'il osera le demander.

— Je m'en doute, je n'en peux plus de ce vieux monde, parfois je préférerais mourir.

— Allons ne dis pas ça, j'ai besoin de savoir que tu seras la, à mon retour, j'ai besoin de toi pour réussir cette mission. Depuis le jour où je t'ai rencontré, c'est à la lueur de ton regard, que j'ai puisé tous mes espoirs. Il est un langage pour moi, un messager, c'est lui qui me guide, sans lui, je ne suis rien, je n'existe pas.

— Tu es si différent des autres Adamah ! moi aussi j'ai besoin de toi, pardonne-moi, je n'aurai pas dû dire ça, Adamah prend Hawwa dans ses bras, puis l'embrasse en la serrant contre lui.

— Et puis tu sais, ils ont presque terminé à la base souterraine, ça devrait nous permettre de vivre beaucoup mieux, d'après ce que m'a dit Kolas, il paraît que c'est impressionnant ce qu'ils ont fait en bas.

— Oui c'est vrai, j'ai hâte de voir ça, mais j'ai surtout hâte qu'on y soit ensemble.

— Moi aussi Hawwa, et puis, à mon retour, je te promets de tout faire pour que ça change ici, pour que vous puissiez vivre normalement, je te promets, quoi qu'il m'en coûte, je ferai en sorte que ça évolue.

— Tu sais bien que ça ne fait que t'attirer des ennuis, que tu es seul pour mener ce combat.

— Je le sais, mais moi non plus je ne supporte plus ces anciennes règles, il faut que ça évolue.

— J'ai refait le même rêve encore, nous sommes sûrement dans ce à quoi devait ressembler notre monde avant. Nous sommes ensemble et si heureux ! il y a des couleurs partout, si vives, ça doit être ce jardin, dont nous parlaient nos ancêtres, il y a une belle et grande végétation, ça grouille de vie un peu partout. Quand je me réveille, je voudrai y retourner aussi vite, tellement je m'y sens bien, contrairement à ici. Adamah, embrasse à nouveau Hawwa, puis ils restent ensemble, l'un contre l'autre, sans dire un mot, rêvant de cet ancien monde.

Le lendemain, dans une pièce qui semble avoir été préparée pour l'occasion le Chef Suprême tient un discours auxquels seuls, les males participent.

— Bonjour, c'est sur un ton très agressif que le Chef Suprême s'adresse aux mâles, il a la tête des mauvais jours, ça se sent sur son visage, il n'est visiblement pas content.

Dans trois jours, nous enverrons une équipe en mission de reconnaissance vers la planète bleue ; nous avons sélectionné une petite équipe. Kolas aura la liste et contactera directement les personnes concernées, quatre heures avant le départ.

Dans la salle, tout le monde se regarde et s'interroge, pourquoi quatre heures avant le départ ? Le bruit des chuchotements monte et énerve le Chef Suprême.

— Silence, hurle t'il, je n'ai pas fini ! concernant la base souterraine, elle sera terminée demain, ce qui nous permettra d'organiser une visite, juste après le décollage de l'appareil, je veux voir tout le monde dedans, aussi tôt le décollage effectué, c'est bien compris ?

Maintenant, je vais m'adresser à ceux qui partiront sur cette planète, je me dois d'être honnête avec vous, je ne sais pas si vous allez y arriver, car comme vous le savez, ce voyage sera très long et nous n'avons jamais fait un voyage aussi long, avant le chaos, avec cet appareil.

Dans la salle, les mâles se regardent avec un mélange d'excitation et d'inquiétude, ne sachant pas encore qui est du voyage. Le ton du Chef descend un peu, il leur parle maintenant plus calmement, un ton qui trahit chez lui une inquiétude inhabituelle.

J'ai confiance en vous, cette mission est très importante, vous devez la réussir, nous ne devons pas essayer, nous devons y arriver, il en va de notre avenir.

Ce soir je veux que l'on fête ce départ, je vous invite à boire un peu, essayer de profiter de ces instants qui nous unissent tous, essayons de faire de cette soirée un bon moment.

Le Chef Suprême descend et rejoint les autres mâles, un drôle de son est diffusé, mais on sent que l'ambiance n'y est pas, tous semblent s'interroger sur ce qu'ils viennent d'entendre, il y a quelque chose d'étrange dans la façon de faire du Chef Suprême.

Parmi les mâles, il y a un petit groupe autour de Adamah, l'un d'eux, s'adresse à lui.

— Vous n'avez pas trouvé le Chef Suprême, étrange ce soir ?

— Oui c'est exact, je pense qu'il est inquiet, ce voyage est très important pour nous, il doit se dire que si on échoue, ce serait une catastrophe pour l'avenir.

— Je trouve que rien ne se passe comme d'habitude en tout cas.

— Oui c'est un peu bizarre en effet.

Adamah se pose quelques questions, il cherche du regard s'il repère quelqu'un qui pourrait l'aider à en savoir un peu plus. Un peu plus loin, il voit Kolas venir vers lui, Kolas s'approche, puis s'adresse à eux.

— Bonsoir, est-ce que tout va bien ?

Un des mâles présent répond instantanément.

— Ça pourrait aller mieux, pourquoi ne pas nous donner la liste de l'équipe plus tôt, on ne comprend pas bien l'intérêt de faire ça ?

— Je vous comprends, mais ce sont les ordres, pour le moment nous devons faire ce que le Chef demande, mais vous serez tous informés en temps voulu. Je pense que le Chef souhaite garder tout le monde concentré, ne vous inquiétez pas, tout ira bien.

Adamah en profite pour s'adresser à lui.

— Et concernant la liste ?

— Justement, puis-je te parler un instant ?

— Oui, bien sûr.

Kolas et Adamah s'écarte un peu du groupe.

— Comment te sens-tu Adamah ?

— Je ne me sens pas très bien, j'ai un peu peur pour Hawwa, elle ne va pas bien en ce moment, elle est très inquiète.

— Justement, je voulais te dire qu'elle est du voyage, elle aussi.

— Quoi ? Adamah n'en revient pas. Tu es sûr de ça ? Mais ?

— Oui, je sais, c'est très surprenant, je pense que le Chef Suprême a tenu compte de la longueur du voyage et du temps que cela allait prendre, je pense qu'il fait une exception. Mais, il faut que tu me promettes de ne pas en parler pour l'instant, personne n'est au courant encore, elle ne sera pas la seule.

— Tu peux compter sur moi, c'est incroyable, je suis tellement content. Adamah est retourné par cette nouvelle, il ne s'y attendait pas du tout.

Tu seras également le responsable de la mission et c'est toi qui piloteras l'appareil.

— Tu es sûr ? Je ne comprends pas, que se passe-t-il ? Des femmes dans cette mission, moi le responsable, alors que j'étais presque banni par le Chef Suprême ? Il y a vraiment des choses qui m'échappent en ce moment, ça ne tourne pas rond ici.

— Le Chef m'a demandé mon avis et je lui ai dit que c'était toi qui avais le meilleur profil, le plus de compétence à mes yeux pour y arriver, j'ai voulu mettre le plus de chance possible de ton côté.

— Merci Kolas, je ne sais comment te remercier, c'est un immense soulagement de savoir que je serai avec Hawwa. En même temps, c'est une grosse responsabilité, nous n'avons jamais été dans l'espace et là il s'agit d'un voyage si long.

— Je le sais, mais je crois en toi, tu as été parmi les meilleurs pendant les tests, tu es respecté par tous, enfin presque mais ton intelligence t'aidera à passer les obstacles. Demain il faut que l'on fasse un point sur la mission et que je vous donne certaines indications.

— Mais quand-même, tu ne trouves pas ça étrange, qu'est-ce que ça cache ? Pourquoi faire de moi le responsable, alors qu'il connaît mes oppositions ? Franchement ça me surprend.

— Tu combats notre mode de fonctionnement qui est très ancien, ce n'est pas facile pour ceux qui peut-être, pensent comme toi aujourd'hui, mais ne peuvent le dire aussi facilement que toi. Les changements font parfois peur.

— Tu n'es quand même pas en train de me dire que notre Chef penserait comme moi, mais qu'il ne peut le dire ?

— Je n'ai pas dit ça, mais moi aussi je m'interroge, pourquoi faire de celui qui ose remettre en cause l'ordre établi depuis si longtemps, le responsable d'une mission aussi importante ? Je n'ai pas eu à le convaincre beaucoup, pour qu'il te choisisse et qu'il accepte Hawwa. Il y a peut-être une raison derrière tout ça. Peut-être une sorte d'aveu d'échec... Regarde notre monde, qui peut dire que nous avions une vision juste ? Nous avons été capable de faire de belles choses, nous avons beaucoup appris sur notre comportement, nous avons inventé des choses qui nous ont permis de mieux vivre, mais nous avons aussi oublié l'essentiel. Qu'avons-nous fait de notre planète ? Nous n'avons jamais évolué, nous n'avons pas été capable de voir les priorités. Le savoir ou le pouvoir sur nous est une chose, mais le savoir sur nos possibilités en est une autre.

— Le Chef Suprême dit que c'est à cause des trois livres, qu'ils n'ont pas su exploiter correctement.

— C'est possible, mais c'est trop tard de toute façon. A aucun moment nous n'avons su voir arriver le danger de notre mode de vie. Aujourd'hui seulement, nous savons que notre planète est petite, que nous aurions dû la protéger davantage. Crois-tu qu'il ne sait pas tout ça ? Je suis sûr que s'il t'a choisi, ce n'est peut-être pas pour rien, il a ses raisons.

— Dommage de s'en rendre compte si tard.

— Tu sais, le Chef Suprême a hérité du même monde que toi et moi, il a fait ce qu'il pouvait pour nous garder en vie, même si ça n'a pas été parfait, il a réussi.

— C'est vrai, mais moi je ne demandais pas grand-chose, juste d'arrêter d'imposer leur domination inutile sur les autres, ou de mettre à l'écart les femelles.

— Chut, ne parle pas trop fort ! tu sais bien que c'est mal vu. Bon, il faut que je te laisse, il faut que j'aille voir les autres aussi, on se retrouve un peu plus tard.

— D'accord, à tout à l'heure.

Adamah est rassuré, il part rejoindre Hawwaa pour lui annoncer la nouvelle, il sort du monument pyramidal pour rejoindre un autre plus petit, où se trouvent les femelles.

— Où est Hawwa ? demande-t-il à une femelle qu'il croise.

— Elle est à l'arrière, elle s'occupe des vêtements pour les emmener à la base souterraine, lui dit-elle, en baissant la tête.

— Ne baisse pas la tête avec moi, Lida, tu ne dois pas me craindre, tu le sais.

Adamah se dirige vers l'arrière et finit par la rejoindre.

— Hawwa,

— Adamah ? Mais qu'est-ce que tu fais ici ? Tu n'es pas à la réunion ?

— Si j'en reviens, mais je voulais te dire que nous sommes tous les deux du voyage.

— Quoi ? C'est vrai ? Mais comment est-ce possible ?

— Écoute, je n'en sais rien, mais je suis tellement heureux que l'on reste ensemble.

— Moi aussi je suis tellement heureuse. Je n'aurais pas tenu très longtemps séparée de toi.

Adamah et Hawwa se prennent dans les bras.

— Hawwa, c'est un voyage très dangereux, tu sais ? Nous ne sommes pas sûrs d'y arriver.

— Oui je le sais, mais je m'en fiche, regarde autour de toi, regarde-nous ! les femelles ne sont pas heureuses ici, elles font semblant, qui est heureux ici ? Regarde notre monde, je préfère prendre ce risque plutôt que de rester ici. Tant que c'est avec toi, c'est ce qui compte pour moi.

Adamah sert Hawwa dans ses bras.

— J'étais sûr de ta réponse, moi aussi je veux prendre ce risque avec toi, ça ne me fait pas peur. Lui dit-il en l'embrassant. Bon il faut que je te laisse, je dois retourner à la réunion, figure toi que le Chef Suprême m'a nommé responsable de l'expédition.

— Responsable ?

— Oui, je t'expliquerai, je te laisse, à tout à l'heure.

Adamah retourne à la soirée, puis un peu plus tard, il croise à nouveau Kolas.

— Je te cherchais, je voulais te dire que Blisk sera avec vous, il est du voyage aussi.

— Je m'en doutais, ça ne pouvait pas être autrement. Nous ne sommes d'accord sur rien, mais on ne peut pas se passer de ses compétences. C'est un guerrier, à chaque fois que nous sommes sortis ici, en zone sombre, il a toujours été très performant, ça ne me dérange pas.

— Je sais que je peux compter sur toi pour faire en sorte que cela se passe bien entre vous.

— Ne t'inquiète pas, nous serons concentrés sur la mission, avant tout, nous aurons autre chose à faire que de nous disputer. Il doit être très surpris de savoir que j'ai été nommé responsable de l'expédition, non ?

— Très surpris en effet. Mais bon, si tu fais ce qu'il faut, tout se passera bien. Blisk est spécial, mais il n'est pas complètement irrécupérable.

— Oui, tu as raison.

— Profite de cette soirée, il faut que je parte, on se voit un peu plus tard.

— A plus tard Kolas.

Les deux hommes se séparent, chacun de leur côté.

Le lendemain, Kolas sort d'une discussion avec le Chef Suprême, juste avant sa réunion avec Adamha, Blisk et Aballo, un 3e mâle du voyage. Son visage est fermé, il a la tête un peu dans les nuages, il n'est pas comme d'habitude, quelque chose le tracasse, il les rejoint pour faire le point sur la mission, ils leur donnent quelques consignes.

— Vous avez été choisis par le Chef Suprême pour cette mission, pour vos diverses compétences, Adamha comme je vous l'ai dit, est le responsable de la mission, c'est lui qui pilotera l'appareil. Aballo, tu seras son second, en cas de problème, tu prendras les commandes et vous pourrez aussi vous relayer. Vous allez devoir leur expliquer tout le fonctionnement de l'apesanteur, vous êtes les deux à avoir été formés pour ça. Vous allez devoir leur montrer comment utiliser les différents outils à l'intérieur, prenez bien le temps de le faire. Adamha s'interroge sur la façon de s'exprimer de Kolas.

— Est-ce que tout va bien Kolas, tu me sembles un peu troublé ?

— Oui, ne t'inquiète pas Adamah, tout va bien.

— Mais pourquoi nous ne sommes que trois ici, où sont les autres ?

— Pour l'instant vous êtes les seuls à être informés, parce que c'est vous qui allez organiser le voyage, à l'intérieur. Les autres le seront demain. Blisk, tu seras responsable de la partie sécurité, tu répondras aux ordres d'Adamha, et tu feras en sorte que ce soit bien exécuté, d'accord ?

— C'est d'accord

— Je peux compter sur toi, insiste Kolas.

— Oui, pas de problème Kolas.

— Parfait, au niveau de la navette, vous aurez de quoi tenir, mais il va vous falloir vous rationner dès le départ, je suis désolé, mais sinon ça sera très compliqué. Enfin, concernant l'énergie, ça devrait bien se passer, il y a assez de gaz rouge pour que vous puissiez atteindre l'objectif. Voilà, vous savez à peu près tout, vous pouvez y aller. Le groupe sort de la réunion un peu expéditive, puis Kolas interpelle Adamah.

— Adamah, attends un instant il faut que je te parle, Adamah s'arrête, puis il attend que Kirma et Aballo sortent de la pièce.

— Qu'est-ce qu'il y a Kolas, tu ne me sembles vraiment pas dans ton assiette aujourd'hui.

— Non ça va, ne t'en fais pas, c'est juste que le Chef m'a donné ceci pour toi, il m'a demandé de te dire de ne l'ouvrir qu'une fois dans l'appareil.

— De mieux en mieux, qu'est-ce que c'est, une lettre d'adieu ? Sourit Adamah.

— Je n'en sais rien, il m'a juste demandé de te dire, de ne l'ouvrir qu'une fois dans l'appareil, rien de plus.

— Très bien je le ferai.

Le lendemain, ils sont tous prêt à embarquer dans l'appareil, Adamah est très étonné par la composition de l'équipage, il en parle discrètement avec Kolas.

— Kolas, qu'est-ce que c'est que cet équipage ? Peux-tu m'expliquer ?

— Écoute, je ne peux encore rien te dire, tu comprendras une fois dans la navette.

— Cet équipage ne me rassure pas du tout.

— Ne t'inquiète pas, dis-toi juste que je préférerais être à ta place en ce moment.

— Que veux-tu dire ?

— Soit patient, après le décollage, quand tu seras aux commandes de l'appareil, je t'expliquerai.

— Bon, très bien, sinon, j'espère qu'on pourra communiquer le plus longtemps possible, vu la distance ça ne sera pas évident.

— Je suis sûr que ça se passera bien, ne t'inquiète pas.

— Au revoir Kolas.

— Au revoir Adamah.

Adamah rejoin l'équipage à l'intérieur de la navette, la tension est palpable. Blisk se fait déjà remarquer en essayant de s'imposer.

— Qu'est-ce que c'est que cet équipage ? une fois le décollage effectué, je veux voir les femelles, à l'arrière !

Adamah en profite pour mettre tout de suite les choses au point.

— Blisk, ne commence pas, je suis le responsable de cette mission, ce n'est pas à toi de décider.

— Mais où as-tu vu que les règles changeaient ici ? Qu'est-ce qui a pris au Chef Suprême de nous préparer un équipage pareil ?

Hawwa se met devant Adamah et lui fait un petit signe de la tête.

— Laisse, ce n'est pas grave, nous allons nous trouver une place à l'arrière, ce n'est rien.

Adamah est agacé, mais il préfère ne rien dire et prendre place à l'intérieur de l'appareil. A la base, Kolas entre en contact avec lui avant le décollage.

— Adamah, ici la base, est ce que tout est en ordre de votre côté ?

— Oui tout est en ordre, nous sommes prêts ici,

— Très bien, c'est parti.

Kolas presse le bouton, une explosion retentit, l'appareil prend son envol lentement. A la base, tout le monde regarde le départ de la navette avec une grande inquiétude. Kirma s'adresse à Kolas.

— J'espère que tout va bien se passer.

— Moi aussi, pour l'instant ça semble être le cas, une fois qu'ils seront dans l'espace, tout ira bien pour eux.

— Mais ça ne sera que le début d'un très long voyage.

Kolas acquiesce en hochant juste un peu la tête.

— Bon, je vais rester en contact avec eux encore un peu, pour voir si tout se passe bien, commence à rejoindre les autres.

— Ok, à tout à l'heure.

— A tout à l'heure.

Kirma quitte les lieux, après quelques minutes, Kolas entre en contact avec la navette.

Adamah, ici la base, est-ce que tu me reçois ?

— Très bien Kolas.

— Tout va bien à l'intérieur ?

— Oui, tout s'est bien passé ici, Blisk va commencer à les former un peu plus.

— Tout s'est très bien passé ici aussi. Concernant les données, vous êtes parfaitement sur l'axe prévu, vous pouvez vous relâcher un peu, le voyage sera très long et pas très confortable pour vous.

— Merci Kolas, on va essayer de s'organiser un peu ici, vas-tu enfin me dire ce qui se passe ?

— Ok je vais tout t'expliquer.

La voix rugueuse de Kolas est différente, il cherche un peu ses mots, Adamah le ressent.

Il faut que je te dise, j'ai appris certaines choses hier, il faut me croire...

Dans l'appareil tout le monde semble vouloir trouver sa place, dans le peu d'espace qu'ils ont, Hawwa s'adresse à une femelle un peu apeurée, pendant que Blisk donne des consignes aux autres.

— Ca va aller ?

— Oui ça va aller, il le faut de toute façon, on ne m'a pas laissé le choix, moi je ne voulais pas partir.

— Je te comprends, mais tu ne le regretteras pas, j'en suis sûre. Tu sais, on va avoir besoin de tout le monde ici, il va falloir qu'on se montre un peu plus. Je sais que ce n'est pas facile pour toi, mais nous devons le faire, c'est le moment de leur montrer que nous pouvons être compétente.

— Je ne sais pas si on peut, Blisk n'appréciera pas.

— Blisk va très vite comprendre que nous ne sommes plus sur notre planète, c'est à nous d'en profiter pour nous montrer plus fortes.

— D'accord, je vais essayer, lui répond-elle, avec un petit sourire.

Hawwa la prend dans ses bras et la serre très fort.

Sur Mars, tout le monde a rejoint la base souterraine pour la visite, Kolas donne les premières directives.

— Nous sommes tous entrés, nous pouvons fermer les portes. Podar, je te laisse expliquer le fonctionnement des lieux, mais aussi, pourquoi nous sommes ici. Je m'occuperai un peu plus tard des devoirs et des obligations, pour le moment je vais voir si notre Chef Suprême est bien installé.

— Je m'en occupe tout de suite.

Le groupe s'interroge, la visite prend une tournure étrange, Podar commence à les informer du déroulement des opérations.

— Je vais vous expliquer pourquoi nous sommes ici, je sais que ça ne va pas être facile à entendre pour certains, si vous avez un problème n'hésitez pas à venir nous voir. Le docteur Balas se fera également un plaisir de vous aider. Nous sommes ici pour nous entraider ; tout est fait pour, il y a tout ce qu'il faut, ne vous inquiétez pas. Nous allons commencer par faire la visite, car dans une heure, nous devrons entrer dans un compartiment spécial. Podar commence la visite, tous se demandent ce qu'ils font là, ce qui va se passer, l'inquiétude et la nervosité se ressentent, quelque chose ne tourne pas rond.

Dans la navette, un semblant de décontraction s'installe, tout le monde commence à se détendre, se parlent, se libèrent du stress du décollage. Hawwa se rapproche de deux jeunes mâles, qui semblent très contents de participer à ce voyage et qui ont le nez collé au hublot.

— Bonjour, tout va bien ? Toi c'est Qayn, et toi c'est Abel, est-ce bien ça ?

— Oui c'est bien ça, moi je vais bien, je suis tellement heureux de faire ce voyage ! nous allons découvrir l'espace c'est formidable !

— Oui, ça va être un long voyage, mais effectivement nous allons voir de belles choses.

Et toi, comment te sens-tu ?

— Au début j'étais inquiet, je ne comprenais pas pourquoi on m'avait sélectionné pour ce voyage, mais le fait de discuter un peu avec Qayn, m'a remonté le moral, je prends ce voyage du bon côté moi aussi.

— Qu'as-tu dans cette boîte, lui demande Hawwa ?

Qayn prend la boîte dans ses mains, puis l'ouvre.

— Ça c'est juste une gravure du géant de Mars, notre protecteur, je l'ai réalisée moi-même avec la poussière rouge de notre sol, que j'ai amenée aussi, pour faire des dessins.

— C'est très beau et très ressemblant, je suis sûre qu'il nous protégera pendant ce voyage.

— C'est pour ça que j'ai voulu l'emmener.

— C'est une très bonne idée. Bon, je vais vous laisser, je vais aller voir si tout le monde va bien, on se retrouve plus tard ?

— D'accord, à plus tard.

Hawwa leur sourit, puis se lève, elle continue plus loin et entend Adamah parler un peu fort.

— Regardez à droite, à deux heures.

Tout le monde se rapproche des hublots.

— C'est impressionnant, qu'est-ce que c'est ? demande Blisk.

A l'extérieur, dans le noir spatial, on distingue très nettement une météorite absolument énorme qui se dirige vers Mars, à une vitesse phénoménale.

— Adamah, que se passe-t-il ? demande Hawwa.

Adamah est boulversé, son visage est sombre, la voix est basse, il s'exprime lentement.

— C'est ce qu'ils nous ont caché. Il laisse un silence, avant de reprendre, tout le monde le regarde, n'étant pas sûr de bien comprendre ce qu'il était en train de dire.

Le Chef Suprême nous a menti à tous, ils ont modifié la base souterraine pour qu'ils puissent se mettre à l'abri. Ils n'ont pas voulu nous informer pour ne pas créer de problème, de panique. Ils ne voulaient pas nous voir nous déchirer pour prendre notre place, cette météorite va percuter notre planète et risque de faire des dégâts considérables, à sa surface. Dans la navette tout le monde se regarde, effrayé, ne sachant pas comment interpréter ça, la peur s'empare d'eux, des milliers de questions traversent leurs esprits.

— Mais comment ça, demande Hawwa ?

— Je sais, je n'ai pas de mot moi non plus, Kolas, m'a dit qu'ils n'étaient pas sûrs de pouvoir s'en sortir, car les dégâts risquaient d'être très importants.

A la base de Mars, tout le monde est informé, ils ont rejoint le compartiment spécial, un lieu hautement renforcé et qui devrait permettre selon eux, de tenir le choc, le plus longtemps possible, au cas où les dégâts causés par la météorite seraient très importants à l'extérieur. Si dans la navette, la peur s'est emparée de l'équipage, ici c'est la terreur qui se lit sur leurs visages, tous attendent l'impact imminent, Kolas s'adresse à eux.

— Voilà, nous y sommes.

A l'extérieur de la base, on peut voir une partie de la population restante, pousser des cris de panique à la vue de cette boule de feu, qui entre dans l'atmosphère de Mars, à une vitesse fulgurante. Elle percute l'océan et provoque une énorme explosion créant une onde de choc qui enflamme et qui balaye tout sur son passage.

L'immense statue au visage de Mars se couche par la puissance de l'impact, le visage vers le ciel. Les fragments de la collision sont expulsés hors de l'orbite basse de Mars, puis retombent dans une tempête de feu qui se propage à la surface de la planète. En l'espace de quelques heures à peine, il ne restera plus rien, tout est en feu à la surface.

Dans la navette tous sont abattus, c'est le silence. Plus personne ne parle, une chape de plomb leur est tombée sur la tête, les regards fixent le vide, perdus dans leurs pensées. Adamah tient Hawwa dans ses bras.

— Ça y est, dit-il.

— De quoi parles-tu ?

— La météorite a frappé notre planète.

Adamah serre Hawwa dans ses bras.

— Vont-ils s'en sortir ?

— Oui, j'en suis convaincu, il faut rester confiant, je suis sûr qu'au sous-sol tout s'est très bien passé et que nous pourrons les contacter une fois que tout sera plus calme. Le Chef Suprême avait tout prévu, je suis sûr que tout s'est bien passé, insiste t'il, comme pour se convaincre lui même.

— Je l'espère vraiment, mais notre planète sera si affaiblie, comment s'en remettre ?

— Je sais, mais j'en suis convaincu, je ne peux pas croire que tout s'arrête comme ça, ce n'est pas possible.

— Oui, mais si par malheur c'est le cas, alors nous serons seuls Adamah, nous sommes seuls dans cet appareil qui nous conduit vers une planète, dont nous ignorons tout.

Adamah serre encore un peu plus Hawwa dans ses bras, qui se met doucement à pleurer.

— N'oublie pas qu'il faut se montrer fort, Hawwa, je sais que c'est dur, mais nous devons le faire pour les autres. Regarde-les, ils sont aussi perdus que nous, ils ont besoin de nous pour les rassurer.

— Oui tu as raison, excuse-moi, je n'aurais pas dû.

— Ne t'excuse pas, moi aussi j'ai peur, moi aussi j'aurai sûrement des passages difficiles, et j'espère bien que ce sera toi qui me réconfortera cette fois-ci. Hawwa le regarde dans les yeux, elle lui sourit, l'embrasse puis ils se serrent très fort, l'un contre l'autre.

Bien plus tard, dans la navette, on se rapproche de plus en plus de la planète bleue, le voyage n'en finit pas, à l'intérieur de l'appareil, la fatigue, l'impatience et la peur ne les ont pas quittés, mais tout le monde a su garder son calme. Adamah lui est un peu soucieux, car le niveau de gaz rouge est très bas, et les vivres arrivent bientôt à épuisement. Ils savent que s'ils atteignent l'orbite, alors ils pourront se laisser aller pour se rapprocher le plus possible de la planète bleue, avant de remettre un peu de gaz. Une première étape serait alors atteinte sans trop de problème et le rassurerait un peu pour le reste.

— Ça va être compliqué, mais on devrait y arriver, dit Adamah à Aballo, aussi bien pour les vivres que pour le gaz. Qu'est-ce que ça donne de ton côté ? Toujours pas de contact avec Mars ?

— Non, ça ne donne rien, je n'arrive toujours pas à les joindre, il n'y a rien à faire, s'agace Aballo.

— Il ne faut pas s'inquiéter, il doit y avoir quelques soucis de communication à cause des dégâts causés par la météorite. Je suis convaincu qu'ils vont régler ça. Adamah s'efforce de se montrer optimiste, pour remotiver le groupe.

— Je ne sais pas si on y arrivera avant de descendre, mais quand nous aurons quitté l'appareil, ça deviendra plus compliqué, voire impossible de les joindre, nous n'aurons plus de matériel pour le faire.

— Essaye encore un peu, ce serait bien de pouvoir le faire avant, mais sinon, on trouvera une solution, ne t'en fais pas.

— Ce serait bien oui, ce silence est pesant pour l'équipe… ils ne cessent de me demander ce que ça donne…

— Pour le moment, occupons-nous de notre atterrissage, commençons à mettre en place ce que l'on va prendre avec nous dans la capsule, nous ne pouvons prendre que le strict minimum, c'est-à-dire le peu de nourriture qu'il reste.

— Ok, je vais faire un petit état des lieux pour voir si tout est en ordre.

Un peu plus tard, l'appareil est entré dans l'orbite, puis s'est approché de la planète bleue. Tout le monde a pris place dans la capsule, prêt à être éjecté de l'appareil pour entrer dans l'atmosphère de la planète, Adamah les informe de ce qui va se passer.

— J'ai lancé le compte à rebours, nous n'allons pas tarder à être éjectés de l'appareil, puis entrer dans l'atmosphère. Je vous préviens, nous risquons d'être secoués, violemment. Cramponnez-vous, mais ne vous inquiétez pas, restez calme, tout se passera bien.

L'appareil entre dans l'atmosphère et comme prévu la capsule est fortement secouée.

— Surtout restez calmes, tout ira bien, dit à nouveau Adamah pour les rassurer et peut-être se rassurer lui-même, tant le bruit et la chaleur à l'intérieur sont effrayants.

Tout le monde est très crispé, certains ferment les yeux, d'autres mettent leurs mains devant leur visage, un peu comme pour prier, d'autres sont tétanisés et ne bougent plus. Après quelques minutes de panique, l'appareil se stabilise enfin et le calme revient.

— Nous sommes passés, tout va bien, les rassure encore Aballo.

— Très bien il ne nous reste plus qu'à nous poser correctement et ce sera parfait, répond Adamah.

La capsule se pose plutôt tranquillement. La tension fait place au soulagement, tout le monde respire enfin.

— Ça y est, nous y sommes, dit Adamah.

— On y est, oui, mais où exactement ? se demande à haute voix Hawwa.

— Allons le découvrir.

Blisk ouvre la porte, il découvre avec stupeur comme un mur devant lui.

— Je crois que nous avons atterri dans un trou, ou une crevasse, faites attention où vous mettez les pieds. Que c'est bon de poser enfin les pieds sur un sol, rajoute Blisk.

L'équipage regarde tout autour avec un mélange de joie et d'inquiétude. Ils ont un peu de mal à tenir debout, victimes d'une perte d'équilibre. Cela fait plus de huit mois qu'ils sont enfermés et en apesanteur.

— C'est incroyable dit Qayn, on a réussi ! nous avons réussi à venir jusqu'ici, nous sommes sauvés !

— Du calme, nous avons réussi à nous poser, rien de plus, nous ne sommes pas encore sauvés, lui répond aussitôt Blisk.

— Un peu d'optimisme Blisk, ça ne nous fait pas de mal, répond dans la foulée Adamha, essayons de remonter un peu par là, pour mieux voir où nous sommes, à quoi ça ressemble ici, mais restons toujours bien groupés.

L'équipe grimpe très difficilement les quelques mètres de l'endroit où a atterri l'appareil, puis découvre enfin le sol d'une planète totalement nouvelle pour eux.

Regardez-moi ça, s'exclame Adamah, c'est incroyable ! c'est magnifique !

L'endroit n'a rien à voir avec ce à quoi il ressemble aujourd'hui. Tout est vert, il y a des arbres partout, des fleurs, un fleuve. Pour eux qui n'ont connu qu'une base, à la couleur jaunâtre, tout est resplendissant ici, les couleurs sont vives, il y a des oiseaux, des insectes, c'est comme un miracle.

— Le jardin d'Éden ! s'écrie Hawwa, c'est le jardin d'Éden dont nous parlaient nos ancêtres ! c'est ici, regarde comme c'est beau, c'est comme dans mon rêve, c'est incroyable !

— Tu as raison, nous y sommes, même notre planète n'a jamais dû être aussi belle dans le passé.

— Par contre, je trouve qu'il fait vraiment très chaud ici, c'est un peu dur à supporter, j'espère que ça ne monte pas plus haut encore, dit Abel.

Blisk en remet un coup, pour calmer l'enthousiasme, en rappelant qu'ils ne savent pas encore ce qu'ils vont trouver ici, puis il prend Adamah un peu à part.

— Adamah, je ne suis pas sûr qu'on puisse recontacter la base d'ici, as-tu pu les joindre avant de descendre ?

— Non, ça n'a rien donné, c'est ennuyeux je sais. Ne pas savoir ce qui s'est passé là-haut, me perturbe beaucoup, je sais que je ne suis pas le seul, mais nous verrons ce que nous pouvons faire un peu plus tard. Commençons par faire un peu de repérage aux alentours et nous ferons le point là-dessus tout à l'heure.

— Très bien, je vais prendre Blisk avec moi et nous allons procéder aux repérages. Il faudra installer deux camps, un pour les femelles un autre pour nous.

— Il n'en est pas question, le reprend directement Adamah, tant que nous n'en savons pas plus sur cette planète, nous resterons groupés. Essaye plutôt de trouver un moyen de nous défendre en cas de problème, on ne sait jamais.

Le visage de Blisk se crispe et laisse apparaître son mécontentement, mais il ne bronche pas, il part un peu plus loin.

— Ok, je vais voir ce que je peux faire.

— Ne vous éloignez pas trop pour le moment, tant que nous n'avons pas nos repères ici, il faut rester prudent. Peut-être que quelqu'un nous a repéré depuis notre arrivée.

— Ne t'en fais pas, nous resterons dans les parages.

Trois semaines se sont écoulées, l'équipage commence à prendre conscience que leur situation va se compliquer au fils du temps. Ils ont arraché une partie de leurs vêtements tant il fait chaud ici pour eux. Ils n'ont plus le minimum de moyens, qu'ils avaient malgré tout sur Mars en matériel, mais ils se sentent libres et pour le moment, cela suffit grandement à leur bonheur. Ceci étant, ils vont quand même devoir trouver des solutions pour améliorer leurs conditions de vie et pour ne pas rester sans rien faire. Ils doivent partir à la découverte de ce nouveau monde, trouver de la nourriture ne suffira pas.

Adamah a lu la lettre que le Chef Suprême lui a fait passer avant de partir, une lettre qui l'a beaucoup ému. Le Chef Suprême lui explique son choix de n'avoir rien dit, pourquoi le choix de cet équipage et tous les espoirs qu'il met sur lui. Il y a aussi des choses particulières dans cette lettre, des choses qu'il aimerait évoquer avec Blisk avant d'en parler à tout le monde, il se doute bien que certaines choses ne lui plairont sûrement pas et il a besoin de le tester avant, pour voir sa réaction. Blisk est justement un peu à l'écart du groupe, il semble tenir quelque chose dans ses mains, Adamah s'approche de lui.

— Blisk, il faut que je te parle un instant. Blisk se dépêche de cacher ce qu'il tenait dans les mains, afin que Adamah ne puisse pas le voir, mais...

— Qu'est-ce que c'est ?

— Non laisse ce n'est rien, c'est juste un truc que mon père m'avait donné avant de mourir.

— C'est un livre ? C'est ça ?

— Oui, mais je ne sais pas le lire en vérité.

— Montre-moi ! Je pourrais peut-être t'aider. Blisk sort le livre et lui tend, le livre que Jésus finira par avoir dans ses mains, bien plus tard.

— Sais-tu que ce livre fait partie des trois livres bannis par notre Chef Suprême ?

— Oui je sais. Il ne restait que celui-là, je n'ai pas voulu le rendre, parce qu'il appartenait à mon père. Sais-tu le déchiffrer ?

— Oui je sais le faire, mais je ne sais pas si c'est une bonne idée Blisk, nous verrons ça un peu plus tard, il faut que je te parle d'une chose avant, une chose importante. Adamah lui explique ce que le Chef Suprême préconise pour eux et un peu plus tard, il réunit le reste du groupe pour faire un point sur la situation avec eux.

— Nous sommes tous conscients de notre situation, je pense que nous devons bouger, nous devons essayer de marcher pour voir si on découvre quelque chose sur cette planète, nous ne devons pas rester immobiles. Il est fort probable que nous ne soyons pas seuls, d'après le Chef Suprême, nous devons donc rester sur nos gardes mais ne restons pas ici, allons explorer ce nouveau monde. Si tout le monde est d'accord, je propose qu'on commence par dissimuler la capsule, nous ne devons pas la laisser à la vue de qui que ce soit pour le moment, et de toute façon, elle ne nous servira plus à rien. Ça va nous prendre un peu de temps je sais, mais nous avons beaucoup de temps maintenant. Blisk, il faudrait quand même que tu essayes de cartographier l'emplacement, on ne sait jamais, si on devait revenir à notre point de chute, tu serais faire ça ici ?

— Ça ne va pas être évident, mais je vais faire avec ce que j'ai repéré ici et avec les étoiles. Je vais réunir le maximum d'informations pour nous aider et tout retranscrire avec la poussière rouge de Qayn. J'espère que ça suffira.

— Parfait, alors on se met tous au boulot, une fois que nous aurons fini, on prendra la route pour trouver un endroit plus dégagé, j'ai peut-être une idée.

Une sorte de motivation s'installe dans le groupe qui se met au travail, ils se sentent investi par cette mission, découvrir ce nouveau monde.

Une fois l'appareil caché, ils prennent la route vers le sud, et après quelques heures de marche, Adamah s'adresse à eux.

— Il faut que je vous parle d'une chose que nous suggère le Chef Suprême, il nous donne des conseils, enfin, disons plutôt des pistes à explorer.

— Que veux-tu dire ? lui demande Hawwa.

— Oui, avant de partir Kolas m'a donné une lettre de sa part. Vous verrez, il dit des choses intéressantes, il nous propose une vision qui peut surprendre, mais qui en y réfléchissant bien, n'est peut-être pas une si mauvaise idée. Il faudrait en parler ce soir, j'y pense depuis que je l'ai lu, j'en ai parlé à Blisk et lui-même, demande à réfléchir, dit Adamha en le regardant avec un léger sourire. Mais j'ai besoin d'avoir l'avis de tout le monde. Nous organiserons une petite soirée pour en discuter, il faudra que la décision soit unanime, car certains points risquent de ne pas plaire à tout le monde, donc, soit nous serons tous d'accord, soit nous ne ferons rien.

— Très bien, j'ai hâte d'être à ce soir alors, lui répond Hawwa avec le sourire.

— Ne t'emballe pas trop vite, tu ne sais pas encore ce que je vais vous dire, sourit à son tour Adamha.

— Bon, pour le moment, on ne peut pas dire que l'on ait rencontré beaucoup de monde, malgré les étranges bruits que nous entendons un peu partout. Je pense que ce sont des animaux qui ont encore plus peur de nous, que nous d'eux, dit Aballo.

— Ce n'est pas plus mal, lui répond Hawwa, mais il faut rester vigilant, ce n'est pas très rassurant.

— Gardons l'œil, nous n'avons encore rien vu de ce monde, je pense que nous aurons quelques surprises, rajoute Blisk, j'ai repéré beaucoup de mouvements autour de nous depuis que nous sommes là, on ne devrait plus tarder à faire des rencontres.

Le groupe continue sa marche en direction du sud, la bonne humeur semble s'y être un peu installée, les voilà partis à la découverte de la Terre.

VII

ENFER ET PARADIS

2031, Le professeur Winess continue de traduire l'histoire que raconte, Diras le Chef Suprême de Mars.

— Cette météorite va nous percuter dans quelques minutes. Si je fais cette vidéo maintenant c'est parce que je sais que nous n'avons qu'une infime chance de nous en sortir. Alors, je ne sais pas qui vous êtes, mais ce que je peux vous dire, c'est que, si vous venez de cette planète bleue, alors sachez qu'il est fort probable, que vous soyez nous...

Le monde est sous le choc, la planète entière apprend en direct à la télévision que l'homme viendrait de Mars.

Nous avons envoyé une petite sélection de notre espèce, avec comme objectif de tout recommencer à zéro sur cette planète bleue. Nous leur avons suggéré de tout oublier de ce qu'ils avaient vécu ici, leur histoire, dans l'espoir de bâtir un nouveau monde qui ne serait pas pollué par son passé, par nos échecs.

Je ne sais pas s'ils vont le faire, s'ils vont suivre ces consignes. Je sais aussi que nous avions observé une espèce proche de la nôtre, mais bien plus sauvage, plus primate. Je ne sais pas comment cela va se passer pour eux. A l'heure où j'enregistre ce message, je ne sais pas si nous réussirons à atteindre cette planète, car nos moyens sont limités, mais de toute façon, sans cette météorite, nous étions déjà condamnés. Nous avons utilisé nos matières premières de façon irresponsable et par égoïsme, en pensant que nous arriverions à trouver des solutions, ça n'a pas été le cas. Notre monde est mort depuis plus de 100 ans, avant nous, notre sol a été exploité sans jamais le respecter, sans jamais se poser la question de l'avenir, ils nous ont condamnés, nous nous sommes détruits nous-mêmes.

Pourtant, nous avons connu un certain confort de vie, nous avions de quoi être heureux, mais nous avons sous-estimé la surpopulation qui n'a cessé d'augmenter.

Notre univers a d'un seul coup basculé. Ca a commencé avec le manque d'eau dans certaines régions, les sols n'étaient plus cultivables, cela a provoqué un mouvement de population trop important, nous ne contrôlions plus rien. Il y avait beaucoup trop de monde, la vie se résumait qu'à un quart de la planète, ça a donné lieu à de la violence, des vols, une véritable sauvagerie que jamais nous n'aurions cru possible. Quand les choses se sont déréglées, nous n'avons jamais pu les stopper, c'est allé trop vite, beaucoup sont morts de faim, de maladie, ou se sont entre-tués.

Nous avons pu, dans un premier temps, sauvegarder un semblant de vie normale ici. Nous étions protégés, mais nous savions que de toute façon nous étions condamnés à moyen terme. Nous essuyons des attaques extérieures de ceux qui veulent entrer, et nous perdons aussi des mâles quand il faut aller chercher du matériel ou autre. Nous avons tué notre monde, notre planète.

Je ne sais pas, si vous qui m'écoutez aujourd'hui, connaissez ou non notre histoire, mais si vous venez de la planète bleue, alors vous trouverez ici beaucoup de réponses à vos questions et peut-être même, découvrir votre propre origine.

Voilà je dois partir, la météorite va nous percuter, je vous souhaite de faire beaucoup mieux que ce que nous avons fait ici, bonne chance à vous.

Un bruit sourd se fait entendre à l'écran, puis l'image se met à grésiller, le Chef Suprême lève les yeux, la peur se lit sur son visage, puis l'image de la télévision se coupe.

Partout sur terre, les gens sont cloués sur place, ils sont muets, comme s'ils venaient d'apprendre la fin de leur monde, ce qui est un peu le cas.

La présentatrice de télévision se reprend, puis s'adresse rapidement au professeur, comme pour se débarrasser de cette information, le temps de se remettre.

— Professeur, que dire après ça ?

— Écoutez, je n'ai pas de mots, je suis abasourdi par cette vidéo, ce soir c'est l'histoire de l'homme qui est remise en cause. C'est quelque chose d'inimaginable, je crois qu'on ne mesure pas encore les conséquences. Il faut commencer par reprendre nos esprits. Je crois que nous venons de subir un choc, il faut l'encaisser et essayer d'analyser tout ça.

De leurs côtés, Ted et Jack sont eux aussi cloués devant leur écran, Ted prend la photo de 1976 à la main.

— Jack, cette planète était la nôtre, est-ce que tu te rends compte ?

— Oui, toute notre histoire vient de connaître un bouleversement, que je n'aurais jamais imaginé. Souvent je t'ai dit que l'homme venait d'une autre planète, que nous avions un comportement trop différent des animaux, qui eux vivent tous sur le même schéma, le respect de la nature. Ils ne font qu'un avec, quand nous on ne fait que la détruire, la modifier. J'ai toujours ressenti ça au plus profond de moi, je crois que nous ressentons tous cela en réalité, comme un malaise, comme un déracinement, comme un manque aussi. On recherche tous quelque chose d'enfui en nous, sans jamais savoir ce que c'est exactement... et bien je pense que c'est une profonde cicatrice qui nous vient de là, nous sommes tous des déracinés.

— Sur ce coup-là, tu n'as peut-être pas tort.

— Nous sommes des colonisateurs, Ted, nous sommes le cancer des planètes, nous les mangeons littéralement.

— C'est une image forte, mais en y réfléchissant bien, après ce que l'on vient d'entendre, c'est une réalité que nous ne pouvons plus ignorer aujourd'hui.

— Je me demande quand même quelles seront les conséquences pour le monde maintenant...

— C'est une bonne question en effet, une prise de conscience, ou l'hypocrisie ?

— Cette journée renforce encore plus ce que j'ai toujours ressenti, j'aime l'homme parce qu'il n'est pas responsable de ce qu'il est, mais je le déteste pour ce qu'il est.

Au bureau Ovale, le Pape et le Président viennent de passer une journée qui restera comme la journée la plus importante de leur existence. Ils sont un peu abasourdis par tout ce qu'ils viennent d'apprendre.

— Voilà, nous y sommes, Monsieur le Président, dit calmement le Pape. Je ne m'attendais vraiment pas à ça en venant ici ce matin, je dois l'avouer, même si je savais que nous allions apprendre des choses, je ne m'attendais pas à ça, ça va au-delà de tout ce que j'avais pu imaginer. Vous allez devoir vous exprimer sur ces sujets maintenant, que comptez-vous dire, à ces millions de gens qui attendent un message des États-Unis, après avoir vu ça ?

— Je ne sais pas encore, je les imagine bouleversés comme nous et aussi, sûrement très excités. Mais contrairement au début de notre conversation, les choses ont pris une autre dimension, ça ne concerne plus uniquement ce qui s'est passé ici, ce que nous avons caché, mais ce qui va se passer maintenant. Le Président marque un temps d'arrêt, puis s'interroge. Je me pose une question quand même, pourquoi avoir voulu tout oublier ? C'est étonnant vous ne trouvez pas ?

— Pas tant que ça si on y réfléchit bien, comme le laisse entendre le Chef Suprême sur la vidéo, c'est un choix de leur part, une volonté de ne pas vivre avec leur passé, est ce que ce fut une bonne idée ? Ce n'est pas à nous de répondre à cette question, même si on peut en douter aujourd'hui, mais ça devait l'être pour eux. Comment aimer une terre si on ne fait que parler d'une autre ?

Peut-on s'intégrer, si notre cœur est ailleurs ? Si nos croyances viennent d'un autre monde ? Ils ont dû penser que non, ils ont dû se dire que pour leurs futurs enfants, la Terre serait de toute façon leur monde et que leur parler d'un autre monde, ne pouvait que ranimer des souffrances et les perturber plus qu'autres chose. Ils ont réellement voulu repartir de zéro et ça, j'imagine que ça n'a pas dû être facile pour eux.

— C'est juste oui, mais on dirait qu'ils ont aussi souhaité oublier une certaine partie de leurs connaissances également, ils n'ont gardé qu'un strict minimum.

C'est bizarre, je dis « ils », alors que je devrais dire « on », c'est une histoire de fous !

— Ce n'est pas tout à fait exact, ils n'ont pas tout oublié de leurs connaissances ; je pense que pour eux, repartir de zéro, voulait dire, se contenter de peu. Ils étaient très limités sur le plan matériel, de toute façon, et ils ont sûrement voulu vivre avec le minimum, pour ne pas refaire les mêmes erreurs. Vous rendez-vous compte qu'ils étaient de nouveau sur une terre abondante, fertile ? Ce que ça pouvait représenter pour eux ? Ils venaient d'une petite planète ou visiblement il n'y avait plus grand-chose, ils ont sûrement connu la soif, la faim, les restrictions et sans doute la peur de l'avenir. Ils avaient de quoi vivre normalement ici, pourquoi vouloir plus, à quoi bon, si la finalité c'est la mort, la destruction ? Et puis, ils nous ont quand même laissé quelques traces qui démontraient leur savoir-faire, ils ont exploité très vite les plantes pour se guérir par exemple et on comprend mieux également, certaines constructions ou autres, dont on avait du mal à comprendre l'origine. Certains endroits de la planète ont des mystères que nous étions incapables d'expliquer pour l'époque. Le Pape marque un temps d'arrêt comme s'il hésitait à poursuivre.

Et puis, il y a cette chose, cette étrangeté, avez-vous remarqué quelque chose dans les propos du Chef Suprême, Monsieur le Président ?

— Non, je ne crois pas, j'aurais dû ?

— Vous, je ne sais pas, mais nous, les hommes de foi, on ne peut pas passer à côté d'une chose aussi surprenante, aussi troublante. Parmi ceux qui ont été envoyés sur terre, il y avait Adamah.

— Oui, ça je l'ai bien noté.

Adamah en hébreu veut dire la terre, le sol, et Adam provient du mot Adamah, qui veut dire l'homme.

— Très bien, mais ou voulez -vous en venir exactement ? je ne suis pas sûr de comprendre !

— Je ne suis pas encore sûr de bien comprendre moi non plus, mais avec Adamah il y avait aussi Hawwa, qui veut dire Eve en Hébreu, dans le récit de la Genèse, elle est la première mère de l'humanité, Adam et Eve, vous ne trouvez pas ça surprenant ?

— Bon sang, c'est très surprenant, en effet.

— Oui, mais il y a plus étonnant encore, puisqu'il y avait aussi parmi eux, Caïn et Abel, qui sont dans la Genèse les enfants d'Adam et Eve, ce qui ne semblait pas être le cas ici. On dit de Caïn, qu'il est aussi le premier meurtrier de l'humanité, après avoir assassiné son frère Abel.

— C'est impressionnant, si je comprends bien, on retrouve ici toute une partie du point de départ de la base des religions, tout est là, dit le Président ébahi.

— Oui, c'est vraiment troublant, il va nous falloir comprendre et interpréter ces informations. Sont-ils eux même à l'origine de la Genèse ? Jésus avait-il des informations venant de sa mère, quand il demande à Jacques d'écrire un livre, la bible, pour faire oublier l'autre livre ? Connaissait-il déjà ces noms ? y avait-il déjà un écrit qui parlait de ça et

qu'il aurait donné a Jacques ? Une chose est sûre maintenant, tout est là, la correspondance des noms, n'est pas un
hasard, c'est évident. Cette journée va nous obliger à nous
religieux, à nous remettre en cause, on ne pourra plus voir
les choses de la même façon, ils ont influencé notre monde,
je ne sais pas si c'était une volonté de leur part, ou s'ils ont
été utilisés plus tard, mais ils ont écrit l'une des plus grandes
pages de notre histoire.

— Ça c'est sûr, et nous pouvons dire que c'est plutôt un
échec vous ne croyez pas ? Quelque chose n'a pas fonction-
né correctement en route, avec tout le respect que je vous
dois votre sainteté, on a plutôt l'impression, que la religion,
à plus créé la division qu'autre chose dans le monde. Je
crois finalement que c'est bien de l'avoir vécu en direct, tous
ensemble, on ne nous parlera pas de complot, ou de je ne
sais quoi encore. Mais je ne sais pas comment va vivre le
monde avec tout ça maintenant, ceci sera-t-il vécu de la
même façon par tous ?

— Si je peux me permettre Monsieur le Président, le
monde n'a pas eu besoin de la religion pour se diviser, lui
répond agacé le Pape, je crois que d'autres s'en chargent
très bien.

— Oui, vous avez peut-être raison, mais l'Histoire nous
démontre un peu le contraire. En ce qui me concerne, j'ai
souvent eu l'impression que l'on avait planté des clous, il y a
2000 ans et qu'on tire un élastique depuis cette date, dit
énervé le Président, un élastique qui vient peut-être de se
casser en 2031. Croyez-moi, il est plus que temps d'en finir
avec ce vieux monde. Ces clous nous ont obligés à regarder
en arrière pendant tout ce temps, sans jamais pouvoir nous
en défaire. Nous avancions, avec les yeux braqués sur cette
période, le temps est resté figé pour les uns, à cette époque,
quand les autres ont avancé, se sont libérés. Il y a un gouffre
entre ces mondes, et je pense pouvoir dire que ce n'est plus
la mer qui s'ouvrira devant nous aujourd'hui, mais l'avenir.

D'ailleurs, en parlant de monde, si je me positionne sur un plan spirituel et non scientifique sur ce que nous venons de vivre, est ce qu'on pourrait imaginer que la planète rouge soit l'enfer, le mal, et que la planète bleue soit le paradis, le bien ?

Peut-on imaginer que nous soyons envoyés sur terre, sans même en avoir conscience, de l'enfer, pour polluer le paradis de nos mauvaises pensées ? Et que la force de Dieu est de parvenir à coup de bonté, de lumière et de savoir, à nous transformer ? Peut-on aussi imaginer que les religions soient une arme du diable en réalité, plutôt qu'un asservissement à Dieu ?

Pourquoi doit-on le craindre ? Dieu n'est-il pas lumière, création, et divinité ?

Le mal, contre le bien, qui est en train de gagner d'après vous, votre Sainteté ?

— Vous êtes en train de me dire que nous, religieux, serions depuis le début dans l'erreur, sans même nous en rendre compte ?

— Je ne sais pas, je m'interroge, pourquoi lui demander pardon si l'on n'a rien fait ? Pourquoi s'agenouiller pour le supplier ? Pourquoi culpabiliser les gens ? Pourquoi avoir peur de lui ? Je me demande si la religion n'est pas en réalité, un moyen pour ceux qui agissent mal, de croire qu'ils peuvent tout effacer, juste en demandant pardon, ou en se prosternant devant lui. Moi, je crois que Dieu ne pardonne rien, mais je ne crois pas non plus, que ce soit un bourreau. Pour moi Dieu, s'il existe, n'a rien à voir avec la religion, et je crois très sincèrement que les premières victimes de son jugement, seront ceux qui ont parlé en son nom, et qui se servent de lui comme d'une excuse.

— Ne devenez pas désobligeant Monsieur le Président, je ne crois pas que ce soit le jour, répond le Pape, agacé par les propos du Président.

— Vous avez raison, je vous prie de m'excuser, je crois que cette journée est en train de me perturber, il faut que je fasse redescendre un peu la pression, la fatigue est en train de me faire dire n'importe quoi, dit-t-il, tout en allant se servir un autre verre.

— J'aimerais revenir un instant sur les questions pour lesquelles je suis venu ici Monsieur le Président. Pensez-vous toujours qu'il est nécessaire de dévoiler ce qui s'est réellement passé, à Jérusalem et pour Roswell ? Est-ce encore utile maintenant, de dire que nous savions ?

Comme nous le disions tout à l'heure, notre monde vivait autour de croyances et de religions bien établies. Elles sont remises en cause naturellement aujourd'hui, est-ce utile d'en dire plus après ça ?

— Vous, qu'en pensez-vous ?

— Je n'en suis plus si sûr maintenant, à quoi bon ? Est-ce utile de faire souffrir davantage ces gens de foi ?

— Je comprends, mais justement n'est-ce pas le bon moment pour tout dévoiler ? Je crois qu'après ce qu'on l'on vient de vivre, il est temps de tout dire, de tout expliquer. Que se passera-t-il si on apprend dans 20 ou 30 ans que nous savions certaines choses ? Et puis, vous savez, vous n'êtes pas les seuls à en avoir caché ! nous aussi nous n'avons pas tout dit concernant l'affaire Roswell, vous n'êtes donc pas seuls à devoir assumer.

— Huum, en effet.

— Je crois que le monde est prêt aujourd'hui, à comprendre pourquoi vous n'avez jamais rien dit, c'était respectable. Je peux vous assurer que je ferai tout ce qui est en mon pouvoir, pour que rien ne vous soit reproché, mais nous ne pouvons plus mentir. C'était pour une bonne cause à la base, ça ne le serait plus aujourd'hui.

— Je comprends, vous avez sûrement raison Monsieur le Président.

— Et puis vous savez, je crois qu'au-delà du passé, c'est l'avenir que nous devons regarder tous ensemble maintenant. Nous venons tous de la même planète, que ce soit la terre ou une autre, peu importe, seule, la terre nous nourrit aujourd'hui. Ils nous ont laissés un message, conscients de leurs échecs, leur mode de consommation sans limite, la surpopulation de leur planète... c'est exactement comme nous. C'est un message très important qui tombe du ciel, si j'ose dire, en tout cas, qui tombe au bon moment. Nous devons nous en servir pour convaincre de l'urgence de nous reprendre rapidement. Ils nous ont envoyés ici dans l'espoir que nous recommençons, mais nous faisons les mêmes erreurs et peut-être même, pire. Devons-nous attendre d'être condamnés avant d'agir ? Je crois que nous n'avons jamais eu une aussi grande opportunité, pour nous retrouver tous, je dis bien tous, derrière un projet. Notre religion, votre Sainteté, doit devenir la survie de notre monde, de l'espèce humaine et rien d'autre. Nous devons être dignes de ce qu'ils ont fait pour nous sauver ; sans eux, nous n'existerions pas aujourd'hui.

— A qui le dites vous ! mais je vous trouve bien optimiste Monsieur le Président.

— Quoi, avez-vous perdu la foi alors ? Le Pape sourit.

— Ce soir, j'avoue que je me pose certaines questions, mais croyez-vous que cela suffira à réveiller les consciences de ceux qui ont le pouvoir, de ceux qui ont l'argent qui permet tout. Croyez-vous qu'ils seront d'accord pour revoir ce monde, qui leur offre tout à eux, au détriment des autres et même de l'avenir, de leurs propres enfants et petits-enfants ? Croyez-vous que cela les dérange aujourd'hui ? Croyez-vous que les lobbys auront meilleure conscience demain ? La voix du Pape devient plus grave. Malheureusement, j'ai appris de ma longue vie, que bien souvent, l'homme qui possède, fait de beaux discours pour les autres, de belles promesses, plus jamais ceci, plus jamais cela, il est toujours le premier à parader dans les médias, dans la presse, mais il est aussi le premier à quitter un pays, son pays, ou se plaindre qu'on lui prend un peu plus de son argent, dans le but justement d'aider les autres. Je ne veux pas généraliser bien sûr, ce serait malhonnête de ma part. Mais vous êtes encore mieux placé que moi pour le savoir. Dans votre univers Monsieur le Président, il n'y a pas beaucoup de scrupule non plus, on annonce une chose et on fait le contraire, pas plus tard que le lendemain. Je ne juge personne, car l'homme est un homme, et on pourrait les inverser qu'ils finiraient par faire la même chose, le confort, la peur de le perdre, le pouvoir, nous change tous, qu'on le veuille ou non, c'est comme ça. C'est en surmontant la douleur, la souffrance, que nous apprenons qui nous sommes vraiment, et c'est dans notre faiblesse à succomber aux tentations, que nous mesurons nos limites.

— Vous voyez, vous rejoignez un peu ce que je disais tout à l'heure. Le bien le mal, ce n'est pas l'homme en réalité, c'est ce qu'on lui donne, qui le change. Nous politiques et vous religieux, avons une grande part de responsabilités, de l'état dans lequel se trouve notre monde aujourd'hui.

— Oui, car l'homme est faible, l'homme est comme l'enfant qui s'endort le soir plein de rêves, plein d'espoirs pour le lendemain, plein de défis, qu'il se promet de réaliser, plein d'ambition qu'il jure de mener à terme. Et il suffit d'une nuit, pour qu'il oublie tout et remonte dans ce train à grande vitesse qu'est la vie, ce train qu'on ne contrôle plus, ou qu'on ne veut plus contrôler, ce train qui nous emmène vers un chaos si évident. Alors oui j'ai des doutes sur l'homme, j'ai des doutes sur la réussite de ce projet. Mais je serai avec vous, parce que jusqu'au bout il faut se battre pour les bonnes causes, et pour la victoire de la Terre et donc du paradis, si c'est vous qui avez raison ; et je n'oublie pas que l'homme est capable de grandes choses aussi, quand il veut et qu'il est vraiment décidé.

— Ces mots me touchent votre Sainteté, j'aurai besoin de gens comme vous demain, pour faire passer ce message, sur ce nouveau monde qui s'ouvre à nous. C'est peut-être notre ultime combat, pour la survie de l'humanité, il y a urgence.

Le Pape fait un mouvement de la tête pour montrer son approbation, puis serre la main du Président.

— Je suis de tout cœur avec vous Monsieur le Président et sachez que je n'oublierai jamais ce moment passé en votre compagnie. Je vous souhaite bonne chance pour la suite.

— Je ne suis pas prêt de l'oublier non plus, croyez-moi, lui répond le Président avec un léger sourire, et je vous remercie encore pour votre confiance. J'imagine que ça n'a pas dû être facile pour vous, de venir ici.

Les deux hommes se quittent et dans le même temps, le Premier Ministre entre dans le bureau.

— Monsieur le président, tout le monde vous réclame, ils attendent une conférence de presse.

Le Président s'approche de l'écran de télévision et écoute un instant, l'animatrice qui pose encore des questions au professeur Winess.

— Professeur, tout à l'heure vous nous parliez de ces dessins qui ressemblaient à ceux des lignes de nazca. Nous avons retrouvé des images de ces dessins, pouvez-vous nous les commenter ?

— Oui bien sûr, comme vous pouvez le voir, ce sont les mêmes représentations, ça ne fait plus beaucoup de doute sur l'origine des lignes de Nazca. On s'est posé beaucoup de questions sur ces tracés, sur le sol du Pérou, leurs origines. On peut très facilement imaginer aujourd'hui, qu'ils les ont dessinées sur le sol, dans l'espoir quelles soient vues depuis Mars. Ceci expliquerait leurs dimensions impressionnantes. On peut penser que ces dessins avaient un sens pour eux et c'est pour ça que nous avions du mal à les comprendre. Si Mars observait la terre et que le but était d'être vu et reconnu, le fait de faire des dessins correspondants à leur histoire, leur permettaient de ne laisser aucun doute sur leurs origines et ainsi leur dire, nous sommes en vie, nous avons réussi.

— Oui c'est vrai, ça pourrait bien être une explication.

—Je pense également que nous allons avoir des explications sur ces ruines que l'on trouve beaucoup en Amérique du sud, comme les sites Mayas au Mexique ou Caral au Pérou. Les recherches sur Mars devraient nous apprendre beaucoup et certainement nous en dire un peu plus sur leurs origines, il y a de fortes chances que ça ait un rapport avec eux.

— C'est juste, ça tient la route.

— Mais il y a une autre chose qu'il faudra peut-être voir autrement. Il semblerait qu'ils aient croisé Neanderthal si on en croit leur Chef Suprême, hors, on n'a jamais su expliquer sa disparition.

Peut-être qu'on pourra mieux l'expliquer maintenant. Ils ont très certainement cohabité pendant un long moment, c'est une piste sérieuse, mais qui je dois le dire, ne me réjouit pas vraiment. Cela voudrait peut-être dire, qu'ils auraient dû être les habitants de la terre et que ce serait nous qui les aurions exterminés.

— Je vous comprends, en effet. Ce n'est pas vraiment une très belle chose que d'apprendre ça, même si en même temps, nous ça nous arrange un peu, dit-elle en riant.

— Enfin, si on fait bien attention à ce qui est dit dans cette vidéo, on se rend compte qu'il y a notre passé, notre présent, et notre futur. Notre passé, si on vient bien de cette planète, et ça semble bien être le cas. Notre présent car nous sommes en train de prendre le même chemin, sur le plan du non-respect de notre potentiel vital et de notre surconsommation des ressources de la planète. Notre futur, car comme eux, nous cherchons une autre planète où la vie serait possible, mais on n'aura peut-être pas autant de chance, si je puis dire. Si on ne contrôle pas d'une façon ou d'une autre, la surpopulation, qui est pour moi notre plus gros danger, alors nous allons au-devant de graves problèmes. On peut nous parler de pollution, de tout ce qu'on veut, mais la surpopulation est l'une des premières raisons, car elle pousse à la consommation, elle sature les villes, elle finira aussi par pousser les gens à se déplacer. Il y a dans ce message, cette vidéo, quelque chose de vraiment exceptionnel pour nous, c'est comme une prophétie.

— En effet, c'est évident Professeur, j'espère qu'on en tiendra compte. Que pensez-vous qu'il va se passer maintenant sur Mars, que vont faire les astronautes après ça ?

— Ils vont découvrir beaucoup de choses encore ! cette planète nous réserve encore plein de mystère, comme ce gaz rouge, qu'est-ce que c'est ? Mars a-t-il dans son sol une sorte de pétrole encore inconnu pour l'homme ? Beaucoup de questions s'ouvrent à nous maintenant, et nous espérons aussi des réponses.

— Absolument Professeur, et c'est sur ces belles paroles que nous allons nous quitter, chers téléspectateurs, chères téléspectatrices. J'espère que vous avez passé une excellente soirée en notre compagnie, même si je n'en doute pas. Je vous invite à nous retrouver demain pour une émission spéciale et faire le point sur cette journée spectaculaire en événements. Professeur, serez-vous encore avec nous pour cette journée ?

— Ce sera avec plaisir, je ne veux pas louper ça.

— Parfait, merci à vous, merci à tous, bonne soirée, on se retrouve demain.

Dans le bureau ovale, le Président boit une dernière gorgée de son whisky, pose son verre sur son bureau, puis s'adresse à son ministre.

— Allons-y Allan, ce n'est pas tout à fait terminé pour nous ; le monde a encore certaines choses à apprendre.

Le ministre est un peu surpris par ce que lui dit le Président, mais il lui emboîte le pas et sort du bureau. Après quelques mètres, le Président se rapproche de son conseiller en communication, qui l'attendait pour le briffer sur ce qu'il devait dire devant les journalistes, mais le Président continue son chemin.

— Je sais ce que j'ai à dire Tom, laisse-moi faire, écoute plutôt, cette fois ci.

Le conseiller est étonné par la réaction du Président, et le suit également. Après quelques minutes de marche à l'approche des journalistes, le téléphone portable du Président se met à sonner.

— Bon sang, ce n'est pas le moment, se dit-il, mais il décroche quand même.

— Allo, écoutez, ce n'est pas vraiment le moment-là.

— C'est Paul, le directeur de la Nasa.

— Oui Paul, qu'y a-t-il ? ça ne peut pas attendre un peu ?

— Ce sont les astronautes.

— Oui et alors qu'ont-ils les astronautes, je viens de les quitter, il y a dix minutes à peine ?

— Ils viennent de faire une découverte, vous n'allez pas en croire vos oreilles, le président intrigué, ralentit son pas.

— C'est ton jour de chance, Paul, aujourd'hui je suis prêt à croire n'importe quoi, de quoi s'agit-il ?

— La vie, ils ont survécu, un blanc s'installe quelques secondes, le Président s'arrête, muet par l'ampleur de cette nouvelle information, puis le Directeur de la Nasa reprend d'une voix tremblante. On dirait qu'ils ont réussi à préserver une vie sous terre, je ne sais pas comment c'est possible, mais ce n'est pas beau à voir, je n'ai pas de mot.

— Nom de Dieu, dit doucement, mais à voix haute le Président des États-Unis, son visage se fige, son regard se perd dans ses pensées, ses yeux sont noirs de fatigue, mais aussi à cause d'une certaine peur qui l'envahit, comment est-ce possible, après tant d'années ? Autour de lui on se demande ce qui se passe, on lui demande si tout va bien. Il se reprend, ne dit pas un mot, un peu sonné, il se dirige lentement, en direction des journalistes, il ne sait pas encore, s'il doit leur annoncer tout de suite, ou bien attendre d'en savoir un peu plus sur la situation.

Sous le sol de Mars, le Commandant Briman et Mitch, continuent leur exploration, ils sont comme tétanisés par la peur. Visiblement, ils ont vu des choses qu'ils auraient peut-être préférés ne pas voir.

VIII

UN AUTRE CHEMIN

Un peu plus tôt, après avoir traversé un long tunnel éclairé par leurs lampes torches, le Commandant et Mitch ont entendu un bruit d'eau qui coulait ; ils se sont approchés de ce bruit, et à leur grand étonnement, ils ont découvert des rivières souterraines. Ils se sont approchés lentement d'une de ces rivières, puis ils se sont rendu compte que l'endroit était bien plus grand que ce qu'ils imaginaient, il y avait des pièces un peu partout, des couloirs, un vrai labyrinthe. La construction était faite à la fois en dur, mais aussi avec l'aide des parois rocheuses naturelles, comme des grottes aménagées. Ensuite, ils ont entendu des bruits étranges, des bruits d'animaux, des bruits plutôt effrayants même, ils se sont rapprochés un peu plus de ces bruits, et...

— Mitch est-ce que tu filmes encore ?

— Oui mon Commandant, je n'ai pas arrêté.

— Capitaine, vous recevez-nous toujours ?

— Parfaitement mon Commandant, que se passe-t-il en bas ?

— Je ne sais pas encore, mais n'intervenez plus sur la radio, c'est compris ?

— Bien mon Comandant.

Les deux hommes restent collés le long de la paroi, puis s'avancent lentement pour accéder à une autre pièce, là où ils ont entendu les bruits. Le Commandant met son doigt devant sa bouche, pour dire à Mitch de ne pas faire de bruit et de rester là, le temps qu'il regarde ce qui se passe à l'intérieur.

Le commandant prend la caméra de Mitch, puis il passe délicatement sa tête pour filmer ce qui se trouve dans cette pièce, son regard se fige, sa bouche reste ouverte. Non de Dieu, dit-il, tout en retenue, puis il se recule brusquement.

— Ici le Commandant Briman à la Nasa, est-ce que vous m'entendez ?

— Oui Commandant, je vous reçois, nous venons de voir les images également, surtout n'avancez plus, faites demi-tour, je préviens le Président tout de suite.

— Ok, de toute manière nous n'avons pas l'intention de rester dans les parages bien longtemps.

— Qu'avez-vous vu Commandant, demande Mitch, très inquiet par la réaction du Commandant ?

— Ils ont survécu.

— Quoi, vous voulez dire que les types sur la vidéo ont survécu ?

— Leur espèce a survécu, mais ce que j'ai vu n'a plus rien à voir avec le type de la vidéo. La façon de parler du Commandant, inquiète vraiment Mitch, qui reprend la caméra des mains du Commandant, puis recule un peu la bande et se repasse le bout de film.

— Nom de Dieu ! dit-il à son tour. Sur les images de la caméra, on peut voir des bêtes, au nombre de trois, couvert de poils très longs et sales. Ils sont en train de découper un corps, tout en poussant des gémissements plaintifs. A l'arrière se trouvent des cases taillées dans la glace, qui visiblement leur sert de congélateur, des dizaines de corps y sont congelés. Mitch coupe la caméra et avec le Commandant, quitte doucement les lieux.

Un peu plus loin, la Nasa reprend contact avec eux.

— Commandant, ici le directeur de la Nasa, j'ai eu le Président, il vient de faire sa conférence de presse, il n'a dit aucun mot sur ce que vous avez vu pour le moment. Mais, il faut qu'on essaye d'en savoir un peu plus maintenant.

— Quoi ? Vous voulez qu'on entre là-dedans ?

— Commandant, nous sommes venus sur Mars pour explorer, ce n'est pas le moment de reculer. Nous avons une opportunité incroyable de découvrir la vie, nous devons en savoir plus.

— Vous ne savez même pas ce qu'il y a à l'intérieur, combien ils sont, c'est de la folie, nous ne sommes que 3 ici, s'agace le Commandant.

— Je sais Commandant, mais nous devons essayer de comprendre comment ils vivent ici, comment ont-ils survécu aussi longtemps, comment peuvent-ils respirer ? Le Commandant est dépité, il sait qu'il ne pourra pas refuser de toute façon.

— Ok j'ai besoin de reprendre un peu mes esprits, il faut aussi que je discute avec mes hommes.

— Très bien Commandant, prenez le temps qu'il vous faut.

— Capitaine, ici le Commandant Briman, est ce que vous m'entendez ?

— Oui Commandant, je vous entends.

— Vous avez entendu la conversation ?

— Oui j'ai entendu.

— Bon, je ne prendrai pas cette décision sans vous, il faudrait venir vers nous, on se rejoint à la salle où il y avait l'écran, ça ira ?

— Oui ça devrait aller.

— Mais avant, il faudrait retourner à la navette et prendre les explosifs, on en aura peut-être besoin.

— Ok je m'en occupe. Le Capitaine prend le véhicule et se dirige vers la navette. Pendant ce temps, le Commandant et Mitch, retournent vers la salle vidéo.

— Qu'est-ce que tu en penses Mitch ? lui demande le Commandant.

— Je ne sais pas trop, ce qu'on a vu sur la vidéo est effrayant, mais tout dépend surtout de leur nombre. S'ils ne sont pas nombreux, on ne risque pas grand-chose.

— Ce n'est pas faux, tu es plutôt partant alors ?

— Je ne nous vois pas faire demi-tour maintenant, et si le Capitaine n'avait pas voulu, je pense qu'il nous l'aurait déjà dit.

— C'est exact Mitch, je pense comme toi.

Les deux hommes arrivent à la salle de vidéo, ils s'assoient le dos contre un mur, puis ferment les yeux le temps que le Capitaine les rejoigne. Environs une demie-heure plus tard, le Capitaine est en chemin pour les retrouver.

— Commandant, ici le Capitaine, les deux hommes se réveillent brusquement.

— Oui capitaine, tout va bien ?

— Oui, je suis descendu, je vais essayer de refaire votre parcourt, ça ne devrait pas être difficile, sinon, je vous contacte.

— Parfait capitaine, on vous attend.

Quelques minutes plus tard, le Capitaine arrive sur les lieux.

— C'est vraiment très bizarre cette sensation, savoir qu'il y a eu une vie ici, ça donne la chair de poule.

— Il n'y a pas eu, il y a, lui répond le Commandant.

— C'est exact, je peux voir la vidéo ?

— Tu es sûr ? Lui demande Mitch ?

— Tant qu'à faire, autant savoir à quoi j'aurai à faire.

— Très bien, regarde. Mitch lui tend la caméra et met en marche la vidéo.

— Oh, qu'est-ce que c'est que ça ? On dirait des cannibales.

— Sûrement notre espèce qui a mal tourné, répond Mitch.

— C'est exactement ça, lui répond le Commandant, une espèce qui s'est adaptée au fil des siècles à son milieu, une espèce qui a muté lentement, pour se transformer et pouvoir respirer ici. Rien que d'y penser, ça donne froid dans le dos.

— C'est possible ça ? s'inquiète Mitch.

— Si cela se fait sur des milliers d'années, je pense que oui. D'ailleurs, c'est la même chose chez nous, sur Terre, toute proportion gardée. La planète Mars n'est pas devenue ce qu'elle est du jour au lendemain,

— Oui enfin, ce n'est pas tout à fait pareil pour nous.

— Nous aussi nous avons évolué sur un très grand nombre d'années, regarde ce que nous étions, regarde ce que nous sommes devenus. Seulement, nous avons évolué dans un sens plutôt positif, parce qu'on en avait la possibilité, ce qui n'était pas leur cas.

— Quoique, répond Mitch, parfois je me demande si aujourd'hui, on ne nous fait pas avaler des saloperies à petites doses, pour les recycler, pour s'en débarrasser. Quand on voit ce qu'il y a parfois dans ce qu'on mange ou même dans ce qu'on fume dans ce qu'on boit, il y a vraiment de quoi s'interroger ? Ne sommes-nous pas en train de basculer lentement dans l'horreur nous aussi ? L'homme est un mutant d'accord, il s'adaptera lui aussi avec le temps, mais la différence entre eux et nous, c'est qu'eux n'avaient pas le choix, nous, c'est parce qu'on nous le dit pas.

— J'ai bien fait de venir moi, rien que pour savoir ça, je ne regrette pas le voyage, dit le Capitaine en rigolant.

— Bon, redevenons sérieux un petit peu les gars. Comme vous le savez, la Nasa nous demande d'essayer d'en savoir plus, sur ce qui s'est passé ici. Avant de continuer, je veux votre accord, je ne ferai rien de plus si nous ne sommes pas tous en adéquation.

— Pour moi c'est ok, dit Mitch.

— Pour moi aussi, dit le Capitaine.

— Très bien, la Nasa, ici le Commandant, est ce que vous nous recevez ?

— Oui Commandant, j'ai bien entendu, merci pour votre courage, merci pour ce que vous avez fait jusqu'ici et ce que vous allez faire encore. Le monde ne vous remerciera jamais assez. Nous voulons savoir comment ils ont pu vivre ici, aussi longtemps. Pour l'eau, nous savions qu'il y en avait, avec la glace, mais pour le reste, c'est vraiment un grand mystère.

— Ok, on y va. Capitaine, sortez les explosifs, nous allons en installer ici au cas où ça tourne mal. Si c'est le cas, il faudra partir le plus vite possible et tout faire sauter, vous m'avez bien compris ?

— Oui Commandant, répondent les deux astronautes.

— Il est hors de question de tous y rester, vous comprenez ce que ça veut dire ? rajoute le commandant, pour être sûr d'être bien compris.

— Oui, c'est compris, répond le Capitaine.

Très bien, c'est parti alors.

— Les trois hommes se dirigent lentement vers l'endroit où ils ont fait cette découverte.

— Les gars, il faut impérativement que nous évitions d'utiliser nos armes, pour ne pas se faire repérer, sauf cas extrême. Nous devons essayez d'avoir des informations, sans qu'ils puissent nous voir. Si on peut les avoir et repartir, ce n'est que mieux. Je propose qu'on retourne là où on était, et qu'on attende un peu pour essayer de voir s'ils sont nombreux. Ça nous donnera une idée de la façon de procéder, avec un peu de chance on pourra peut-être entrer, quand il n'y aura personne.

— Y avait-il un autre passage ? demande le Capitaine.

— On n'a pas vraiment eu le temps de regarder, mais certainement. C'est très grand ici, il y a des salles un peu partout, on regardera une fois sur place.

Les trois hommes arrivent lentement. Mitch montre au Commandant un autre passage tout au bout, alors qu'eux, étaient partis sur la droite, pour suivre le bruit de l'eau.

— Très bien, on va essayer de continuer tout droit cette fois, dit à voix basse le Commandant.

Après quelques dizaines de mètres, les trois hommes entendent à nouveau des bruits étranges, mais différents de ceux qu'ils avaient entendus dans l'autre pièce. Ils continuent d'avancer lentement et aperçoivent devant eux, trois nouvelles entrées qui se présentent. Une sur leur droite, là où justement ils entendent du bruit, une sur leur gauche et une un peu plus loin, en face d'eux. Ils décident d'entrer dans la pièce de gauche. Les trois hommes se rapprochent lentement de l'entrée, le Commandant penche délicatement sa tête pour être sûr qu'il n'y a personne, il s'avance, puis il fait un signe aux autres, pour les inviter à le suivre, à entrer également.

Dans cette pièce il n'y a rien, si ce n'est, des débris, des restes d'objets qui sont restés ici longtemps, au vu de la poussière. Il y a aussi une autre entrée au fond, les trois astronautes s'y rendent lentement. A l'intérieur il y a des centaines de tubes fins, le Commandant en ramasse un.

— Qu'est-ce que c'est ? demande le Capitaine ?

— Je ne sais pas, lui répond le Commandant.

— Regardez tout ce qu'il y a, ça doit bien servir à quelque chose en tout cas.

— Oui, sûrement, bon, essayons d'aller voir ailleurs. Les trois hommes retournent sur leurs pas, puis ils entendent des hurlements venir de la pièce qui était tout au fond. Les trois hommes se précipitent pour se cacher le long du mur, ils entendent courir derrière ce mur, dans la direction de la pièce qu'ils ont filmée tout à l'heure. L'angoisse commence à les envahir, le Commandant leur fait signe, afin qu'ils aillent dans la direction de la pièce où sont sortis ces hurlements, la pièce du fond. Sans faire de bruit, ils y parviennent, entrent à l'intérieur et découvrent d'autres cages, mais cette fois ci, métalliques. Tout en restant à distance, ils peuvent clairement voir que dans chaque cage, il y a un mâle et une femelle. Cette espèce semble malade, en complète désintégration, on dirait des chiens abandonnés dans un refuge, de la nourriture traîne partout, c'est immonde se disent-ils, ils sont muets par l'horreur.

— Que fait-on Commandant ? demande Mitch, complétement bouleversé. Au même moment, les bruits de hurlement reviennent vers eux, la panique se lit sur leur visage.

— On se bouge ! dit le Commandant, tout en se dirigeant derrière les cages. Les trois hommes se précipitent et restent immobiles, deux espèces aussi affreuses, mais visiblement légèrement en meilleure santé, entrent dans la pièce. Ils s'expriment d'une façon brutale et animale. Le Commandant parvient difficilement à voir ce qui se passe, mais ne comprend pas bien. L'une des bêtes, lance dans une cage, où se trouvent un mâle et une femelle, des morceaux de viande, c'est un morceau de bras. Dans une autre cage, une de ces bêtes, sort la femelle et un nourrisson, qui pousse des gémissements, puis les met dans une autre cage, enfin, les deux bêtes, repartent aussitôt en poussant les mêmes cris.

Le Commandant, n'en revient pas. Le Capitaine lui montre une autre sortie, qui visiblement mène dans un couloir, les trois astronautes s'y dirigent lentement. Une fois éloignés, le Capitaine demande au Commandant.

— Avez-vous vu quelque chose mon Commandant ?

— Je crois bien que oui, le Commandant a de plus en plus de craintes pour ce qui se passe ici, je crois qu'ils leur ont donné à manger, et je crois avoir vu un bras.

— Un bras ?

— Oui, je pense qu'ils pratiquent bien le cannibalisme.

— Nom de dieu, s'écrie Mitch. Le Commandant est interrompu par la Nasa

— Commandant, ici la Nasa, je voulais vous dire que le Président et son comité d'urgence assistent en direct avec vous, à ce qui se passe sur Mars. Le Président veut vous parler.

— Comandant, ici le Président des États-Unis, j'ai bien conscience de ce qui se passe pour vous en ce moment. Nous n'allons pas vous demander de rester plus longtemps sur place, je vous demande de quitter les lieux et de tout faire sauter.

— Quoi, êtes-vous sûr Monsieur le Président ? C'est immense ici, je pense qu'on n'a pas encore tout vu.

— Je le sais Commandant, mais je crois au contraire, qu'on en a assez vu comme ça.

— Très bien Monsieur le Président, nous rentrons.

Le Commandant et son équipe, bien que soulagés de devoir quitter les lieux, sont malgré tout, frustrés de ne pas pouvoir continuer de les explorer. Mais ils acceptent évidemment sans rien dire de partir d'ici.

— Capitaine, on va placer des explosifs un peu partout sur notre chemin.

— Ok commandant,

— Restons vigilants, ce n'est pas le moment de se faire repérer. Après avoir placé un explosif dans le couloir, Mitch s'adresse au Commandant.

— Commandant, regardez là-bas. C'est de la lumière, ce n'était pas allumé tout à l'heure. Le Commandant est surpris par cet éclairage au fond du couloir, alors que jusqu'à maintenant, aucune lumière n'avait été remarquée ici.

— Oui c'est étonnant.

— Que fait-on commandant, allons-nous voir ?

— Qu'en dites-vous ?

— On peut juste essayer d'aller voir discrètement avant de partir, non ?

— Ok, allons-y, mais on se contente de regarder et on quitte les lieux aussi vite, compris ?

Les trois astronautes se dirigent lentement vers cette pièce éclairée, ils se glissent doucement à l'intérieur, puis découvrent une immense serre, éclairée par les tubes qu'ils avaient découverts un peu plus tôt.

— C'est incroyable, dit le Commandant.

— Oui, c'est surprenant de voir ça ici. Les trois astronautes, découvrent un lieu de vie si différent de ce qu'ils ont vu jusque-là, un lieu presque terrien, par sa couleur verte et aussi par sa lumière, qui rend presque cet endroit miraculeux.

— On voit ici les ruines de ce qu'ils avaient mis en place, avec leur Chef Suprême, dit le Commandant.

— Vous avez remarqué comme il fait plus chaud ici ? répond Mitch.

— Oui, c'est saisissant, quand on entre.

— Mais comment ceci peut-il encore fonctionner après autant de temps ?

— Pour l'électricité, il me semble qu'ils ont utilisé le courant des rivières, j'ai remarqué tout à l'heure un barrage. Là où il y avait de l'eau, ils ont dû mettre en place, un système d'horlogerie afin que le barrage s'ouvre à certains moments, pour accentuer la pression de la rivière et ainsi produire de l'électricité. Je pense même qu'il doit y avoir une pièce qu'ils chauffent à volonté non loin pour faire fondre la glace en amont. Je crois qu'ils avaient tout prévu, il y a une machinerie réglée comme une horloge ici. Pour ce qui est de ces tubes, il faudrait en prendre un, avant de partir, pour voir en quoi ils sont fabriqués, mais ils ont probablement une durée de vie bien plus grande que ce que nous sommes capables de faire sur terre.

— Vous voulez dire qu'il n'y avait pas d'obsolescence ici ? sourit Mitch.

— Ça doit être ça, répond en souriant le Commandant. Juste avant que la météorite les percute, le Chef Suprême avait dû prévoir un très grand stock de divers produits vitaux, mais il était loin d'imaginer les dégâts que provoquerait la météorite sur la surface. Très vite, il a dû revoir ses plans quand il a compris que leur séjour serait bien plus long que prévu. Si on regarde le nombre de pièces qu'il y a ici, ça représente un très grand nombre de tubes, je crois qu'ils ont eu le réflexe de les enlever, quitte à rester dans l'obscurité dans les autres pièces, afin de pouvoir préserver cet espace vert, qui était devenu vital pour eux.

Mais évidemment, tout ça n'a pas suffi. Il y a dû y avoir des émeutes ici, des révoltes, des morts ce qui a réduit considérablement leur nombre. Au départ ils entreposaient leurs morts à l'extérieur, j'imagine, et puis ils sont arrivés au bout de leurs réserves, les plantes que l'on voit ici, ne suffisent pas, évidemment. Quand ils se sont rendu compte, que tous les cadavres qu'ils avaient mis dehors, étaient gelés, ils ont commencé à les manger, puis très vite une minorité a dû prendre le contrôle, je pense que par la suite, ils ont organisé un macabre système d'auto-alimentation.

— Mon Dieu que c'est horrible, dit Mitch.

— Si je me fie à ce que j'ai vu, je crois qu'ils enferment les mâles et les femelles pour qu'ils procréent ensemble, les mâles devenus des monstres les violent plusieurs fois, et les nourrissent des restes des cadavres pour les tenir en vie, puis ils récupèrent les naissances, et les font grandir dans d'autres cages. Les plus vieux, servent de nourriture à leur tour, et de temps en temps, ils vont garder quelques jeunes pour prendre leur relève et sauver leur espèce.

— Bon sang, c'est abominable Commandant !

— Je sais, mais je crois qu'ils n'ont trouvé que ça pour sauvegarder leur espèce, tout en minimisant le nombre. Au fil du temps, la folie aidant, c'est devenu quelque chose de normal pour eux, c'est leur mode de vie, leur mode de reproduction ; ils se sont transformés en monstres et n'ont même plus consciences de ce qu'ils font.

A la Nasa, le Capitaine, Mitch, tous ressentent un profond dégoût, mais aussi une immense tristesse en imaginant l'enfer qu'ils ont vécu pour en arriver là. Un frisson les glace, les trois astronautes décident de quitter les lieux. Après avoir placé des explosifs un peu partout, sans croiser ces monstres, ils se rapprochent de l'ouverture où ils sont descendus avec le treuil, le Capitaine remonte le premier à l'aide de sa télécommande, pendant ce temps, le Commandant s'adresse au Président.

— Monsieur le Président, m'entendez-vous ?

— Je vous entends très bien Commandant,

— Nous sommes sur le point de remonter, êtes-vous sur de vouloir faire ça ?

— Oui Commandant, c'est un choix difficile pour nous tous, car il s'agit ici de supprimer une partie de nous-même, j'en ai bien conscience, mais je ne peux pas vous mettre en danger. Ces monstres, je ne sais pas vraiment comment les appeler, sont certes sûrement nos ancêtres, mais leur évolution les a rendus totalement inhumains ; nous ne pouvons plus les sauver, nous ne pouvons plus rien faire pour eux. Ils ont fait le chemin inverse du notre, quand nous avons évolué, ils sont retournés à l'état sauvage. Ils ont démontré à quel point notre volonté de survie, peut nous rendre à la fois inventif et imaginatif, mais aussi, terriblement horrible et inhumain. Ils n'ont plus la conscience, ils font les choses par réflexe, nous ne pouvons pas les laisser comme ça, ils sont de notre famille, nous devons les euthanasier, nous devons les soulager. Ce que vous voyez ici est leur dernière lueur, leur dernière étincelle, nous devons procéder à leur extinction et mettre fin à leur souffrance. Nous sommes revenus trop tard Commandant.

— Bien Monsieur le Président, je comprends, c'est vous qui décidez, je remonte, et je fais tout exploser. Le Commandant s'attache au câble, puis remonte à la surface.

La nuit est tombée, le ciel est impressionnant, les étoiles semblent si proches, le noir si intense, seul les phares de leurs véhicules éclairent péniblement les rochers. Les trois astronautes regardent quelques instants le spectacle, puis montent dans le véhicule et se dirigent vers la navette. Le Commandant prend sa télécommande et appuie sur une touche, déclenchant une énorme explosion, un éclair surgit du sol, suivi d'une grosse fumée de poussière. Cette fois ci c'en est bien terminé pour eux. Les trois astronautes, regardent et continuent leur route, en silence, jusqu'à la navette.

— Il faut nous reposer maintenant et demain, nous irons commencer les prélèvements, dit le Commandant.

— Vous ne trouvez pas ça étrange Commandant, que ce soit nous qui exterminons ceux qui nous ont donné la vie, d'une certaine façon ? dit le Capitaine.

— Oui c'est moche, on revient ici, et la première chose que l'on fait, c'est de tuer ces êtres qui se sont donnés tant de mal pour survivre. Mais, il faut tourner la page, nous les avons très certainement soulagés, allons plutôt nous reposer maintenant.

— Ce n'est pas de refus, répond Mitch. Il coupe sa caméra, puis monte dans la navette, suivi du Capitaine, enfin, le Commandant les rejoint également. Une fois remonté, le commandant se tourne et les trouve tous les deux immobiles, en train de fixer deux de ces créatures, qu'ils pensaient avoir exterminées, il y a un instant. Tous se regardent avec crainte, le Commandant reste immobile lui aussi, comme paralysé. Les deux créatures sont très jeunes, l'une des deux, qui semble être une femelle, bouge un peu la tête et leur fait un sourire. Étrangement, pour eux, son visage n'est plus si effrayant que ça, il dégage même de la douceur, de la tendresse. Le mâle qui est avec elle, lui prend lentement la main, puis la met entre ses deux mains, pour la caresser délicatement et la rassurer. Son regard est inquiet, puis il sourit aussi, semblant demander de la compassion. Les trois astronautes n'en reviennent pas, ils se regardent, surpris, une émotion les envahit, presque une envie de pleurer, tant ce qu'ils voient n'a rien de sauvage, ni de dangereux. Qu'ont-ils fait ? se demandent-ils, se seraient-ils trompés, en exterminant leurs ancêtres, qui eux avaient tout fait pour les sauver ? Le doute s'est installé en eux.

A ce moment le Président, entre en contact avec le commandant.

— Commandant, ici le Président.

— Oui Monsieur le Président, je vous écoute.

— Bon, nous avons réfléchi ici, nous demandons une confidentielle défense, sur ce qui s'est passé aujourd'hui, c'est bien compris ?

— Ne voulez-vous pas dire la vérité, Monsieur le Président ?

— Disons que, nous ne sommes pas sûrs que cela soit bien compris, vous comprenez ? Si on apprend que l'on a trouvé la vie sur Mars et qu'on l'a exterminée, on ira au-devant d'une grosse polémique inutile.

— Très bien, Monsieur le Président. Le Commandant coupe la radio, puis regarde son Capitaine, en hochant la tête par dépit.

Qu'en pensez-vous les gars ?

— Décidément ils ne changeront jamais ces politiques, ils n'assument jamais rien ! dit Mitch.

— Je suis bien d'accord, dit à son tour le Capitaine, d'un air désabusé.

— Très bien, dans ce cas nous emmènerons ces deux-là avec nous, le monde doit savoir.

IX

LE JUGEMENT DERNIER

A l'intérieur de la navette, l'équipe se repose après cette journée très mouvementée, ils restent éveillés à tour de rôle, pour garder un œil sur leurs deux invités. Le Commandant attrape doucement le sac qu'ils avaient avec eux, puis s'adresse à son Capitaine qui le regarde.

— Avec tout ça, nous n'avons même pas regardé ce que nous avons trouvé dans la salle vidéo tout à l'heure.

— Exact, lui répond le Capitaine.

Le Commandant sort de son sac cette espèce de bloc de granit, qui ressemble à un livre de pierre, recouvert d'un très grand nombre de signes comme sculptés dessus.

— Qu'est-ce que ça peut bien être, d'après vous mon Commandant ?

Le Commandant, s'interroge.

— Franchement, je n'en ai aucune idée, on dirait des codes, mais je ne comprends pas les caractères, ça ne me parle pas.

— Peut-être est-ce encore du Sumérien ?

— Je ne crois pas. C'est une écriture que je ne n'ai jamais vu, qui ne ressemble à rien de ce que l'on a vu jusqu'à maintenant. Le Commandant décide alors de sortir du sac, l'autre chose qu'ils ont aussi découverte dans la salle vidéo, mais cette fois, cela ressemble à un petit livre, ou plutôt, une sorte de cahier. Le Commandant l'ouvre, puis lit les premiers mots, son visage se transforme, puis se fige comme s'il venait de voir un fantôme, il le referme aussi tôt, se lève, s'interroge, puis se frotte la tête. Il y a quelque chose qui ne va pas, il se rassoit, ouvre à nouveau le cahier, puis le lit une nouvelle fois et le referme aussitôt en le claquant.

— Que se passe-t-il mon Commandant ? lui demande le Capitaine.

— Je ne sais pas, je me demande si je ne suis pas pris d'hallucinations. Peux-tu me dire ce que tu vois sur cette page. Le Commandant approche le livre du Capitaine et lui montre la page en question.

— Dingue, elle ressemble au visage de Mars.

— En dessous Mitch, regarde en dessous.

— Bon sang, qu'est ce que c'est que ça ? réagit brusquement le Capitaine.

— Je n'en ai aucune idée, mais au moins je suis rassuré sur un point, je ne suis pas en train de devenir fou. Il faut que l'on contacte la Nasa et le Président tout de suite.

— Je crois que c'est une bonne idée mon Commandant, regardez ce qui suit ! Le Capitaine redonne le cahier au Commandant

— Nom de dieu, comment est-ce possible. Il n'en revient pas, il se précipite pour entrer en contact avec la Nasa ; pendant ce temps, le Capitaine explique ce qui se passe à Mitch qui vient juste de se réveiller.

Après une dizaine de minutes, le Président et le Directeur de la Nasa sont enfin en ligne et avec eux, le Président qui s'adresse au Commandant.

— Commandant, qu'avez-vous de si urgent à nous dire, que se passe-t-il ?

— Monsieur le Président, je ne sais pas comment est-ce possible, mais dans ce petit livre, ou plutôt ce cahier que l'on a trouvé dans la salle vidéo, il y a une photo avec un visage féminin qui ressemble étrangement au visage de Mars.

— Oui et alors ? Ils se sont peut-être inspirés d'un modèle de chez eux, une déesse ou je ne sais quoi, vous me faites déranger pour ça ?

— Non, pas uniquement pour cela, sous cette photo Monsieur le Président, une annotation apparaît, Photo New York 2069.
— Quoi ? En êtes-vous sûr, montrez-moi ça, approchez vous de la caméra que l'on puisse voir !
Le Commandant s'exécute, il s'approche de la caméra avec le cahier. Le Président n'en revient pas, il ne comprend pas ce qui se passe.
— Mais qu'est ce que c'est que ça encore, comment est-ce possible ?
— Mais ce n'est pas tout, l'interrompt le Commandant, il y a plus étonnant encore, c'est ce qui est écrit ensuite.
— Que voulez-vous dire ?
— Ce qui est écrit dans ce cahier, Monsieur le Président, s'adresse à vous.
— Quoi ? Mais comment ça ? que racontez-vous ? demande le président, tout étonné. Paul à la Nasa, comme dans la navette, tous s'interrogent, tous se demandent bien ce qui était en train de se passer.
— Si vous me le permettez Monsieur le Président, j'aimerais vous lire les premières lignes que j'ai lues, vous n'allez pas en revenir.
— Bien Commandant, bien, allez-y, je vous écoute…
— Ok, le Commandant respire un bon coup, puis se lance dans la lecture.

Cher Président des États Unis, j'imagine votre immense surprise en découvrant, je l'espère ce que je suis en train d'écrire pour vous. Je sais que vous venez de passer une journée extraordinaire, et je sais que vous êtes Garett Bewers, Président des États Unis. Je m'appelle Alicia Ritad, je suis né en 2047 à News York.
Le Directeur de la Nasa, le Président ou encore, l'équipage sur Mars, tous sont stupéfaits, personne ne comprend ce

qui se passe, l'inquiétude les envahit, le Président ne retient pas ses mots.

— Bon sang, mais qu'est ce que c'est que c'est que ce merdier ?

Au moment où j'écris ces mots, sur votre planète, nous sommes en 2072 environ, je sais que vous ne devez pas comprendre ce qui se passe, je vais tout vous expliquer. Je sais tout de ce jour de 2031, je sais ce qui s'est dit entre vous et le Pape, je sais que l'homme va mettre ses pieds sur la planète Mars pour la première fois de son histoire.

De la planète Mars, vos hommes vont revenir avec deux spécimens natifs de cette planète, vous n'étiez pas au courant, vous n'allez le…

Le Président n'est pas sûr de bien comprendre ce que le Commandant est en train de lire.

— Commandant, pouvez-vous relire ce passage, que dit-elle, je ne comprends pas ?

Le Commandant reste sans voix, il se sent tendu, puis il répond avec hésitation.

— Heu, oui Monsieur le Président, je suis désolé, nous avons gardé avec nous, deux de ces créatures de Mars. Quand nous sommes remontés, ils étaient à l'intérieur, ils sont très jeunes, nous n'avons pas su faire autrement, je suis sincèrement désolé. Le Commandant et ses hommes se regardent, ils sont stupéfaits, de voir que dans ce livre, se trouve ce qu'ils sont en train de vivre en ce moment même.

— Nom de dieu, qu'avez-vous fait ? Vous ne savez rien d'eux, comment pouvez-vous désobéir ainsi à mes ordres, êtes-vous conscients des risques que vous nous faites prendre, à nous et à l'humanité tout entière ? Au même moment Mitch se retourne un peu avec sa caméra, puis les filme pour les montrer au Président.

— Monsieur le Président, je suis vraiment désolé, je n'ai pas su. Quand nous les avons vus, on n'a pas pu faire autrement, regardez les, ils n'ont rien de dangereux. Les gars n'y sont pour rien, je suis le seul responsable.

— Écoutez, ce n'est pas le moment, nous réglerons ça à votre retour, reprenez la lecture, vous voulez bien.

— Bien Monsieur le Président, le Commandant reprend la lecture.

De la planète Mars, vos hommes vont revenir avec deux spécimens de cette planète, vous n'allez le découvrir qu'une fois leur retour sur Terre, sauf si vous lisez ce livre avant, sachez que je suis leur fille.

Suite à la journée que vous avez passée avec le Pape, le monde religieux va vivre une véritable révolution. Beaucoup vous suivront dans votre vision d'un nouveau monde, mais beaucoup en voudront au Pape ainsi qu'à vous. Qu'ils soient Chrétiens, Juifs, Musulmans ou autres, l'idée d'un monde avec comme seule religion, la survie de notre planète et de l'espèce humaine ne sera pas acceptée, malgré tout ce que nous allons apprendre ce jour. L'idée d'abandonner la religion fait malgré tout son chemin, votre volonté de réunir tout le monde autour d'une table partait d'une bonne intention, mais beaucoup d'entre eux refusent encore d'abandonner leurs convictions religieuses et ne parviennent pas à faire la part des choses entre Dieu et religion. Votre idée d'instaurer ça dès le plus jeune âge dans les écoles, pour que cela se fasse progressivement dans le temps, a posé beaucoup de problèmes aussi, mais une chose est sûre maintenant, l'idée a le mérite d'exister aujourd'hui grâce à vous, mais...

Le Commandant est interrompu par le directeur de la Nasa qui s'interroge à son tour.

— Mais de quoi parle-t-elle Monsieur le Président, vous comprenez, dit-il ?

— Oui je comprends, je sais de quoi elle parle, tout à l'heure, le Chef Suprême de Mars parlait de trois livres, vous vous souvenez ?

— Oui c'est exact, je me souviens.

— Je pense que vous en avez deux entre les mains aujourd'hui et que le troisième est celui qui est passé par les mains de Jésus.

— Jésus ? s'étonne-t-il.

— Oui, je vous expliquerai tout ça un peu plus tard, c'est une longue histoire. Commandant voulez-vous reprendre la lecture s'il vous plaît ? Le Commandant s'exécute et reprend la lecture.

Mais ce n'est pas le plus important, dans ce nouveau monde, l'intelligence artificielle, le clonage sont venus tout bouleverser. Après les attentats aux drones que vous avez connus Monsieur le Président, des choses bien plus graves encore ont vu le jour. Nous avons connu une attaque en masse de kamikazes à la voiture volante, ces choses immondes qui défigure notre ciel, pas moins de 650 personnes ont trouvé la mort. Une entreprise de nettoyage robotisée a été piratée, l'ensemble de ces robots nettoyeurs s'est mis à assassiner des gens partout en ville, un véritable carnage incontrôlable.

Un peu plus tard, c'est un réseau de voitures autonomes qui a foncé sur tout le monde. Les failles, sont trop nombreuses, l'IA est loin d'être sous contrôle pour le moment.

Le clonage aussi est venu tout bouleverser aujourd'hui. Beaucoup de repères ont disparu, beaucoup de choses n'existent plus. Les classes moyennes, comme on les nommait dans le passé, ont disparu, il y a les riches et il y a les pauvres qui se mènent une guerre impitoyable. Une société de dégénérés est en train de naître, l'humanité se perd. La maîtrise du clonage n'est pas du tout une réussite. Beaucoup de gens sont malades, ont des problèmes de santé, l'intelligence artificielle vient au secours des puissants, elle est utilisée sur des robots pour contenir les foules, les révoltes et ils ont même le droit de tuer. Une vraie cession s'est faite entre riches et pauvres, les riches ne veulent rien perdre, on se croirait revenus cinq cent ans en arrière. Les plans mis en place juste après vous, Monsieur le Président, sont catastrophiques ; ils ont à la fois permis l'utilisation d'un clonage non maîtrisé, pour pouvoir exploitér ces clones comme de vrais esclaves, mais dans le même temps il occasionne aussi un grand problème lié à l'emploi, la société n'était pas préparée à ça. Le clonage et l'intelligence artificielle sont arrivés trop vite sur le marché, rien n'est sous contrôle. Et je vais vous épargner ce que la transparence alimentaire a provoqué. Aujourd'hui nous savons parfaitement tout de ce que l'on mange, dans le moindre détail, les lois sur le numérique qui imposent que dans chaque magasin un écran répertorie intégralement la composition de la nourriture et sa façon de la fabriquer, a eu un effet pervers. Imaginez le ressenti de ceux à qui on démontre chaque jour que ce qu'ils mangent est en réalité immangeable, mais qu'ils n'ont pas le choix ? Imaginez ce que cela provoque aujourd'hui quand ils voient dans le même temps, des gens juste au rayon d'à côté se servir en qualité et vous regarder avec mépris ? Imaginez cette sensation immonde que cela provoque ? Il y a la nourriture pour les riches et il y a la nourriture pour les pauvres, une nourriture qui les tue en toute connaissance. Vous allez me dire que cela existe depuis longtemps ? C'est vrai, vous avez raison, mais maintenant on l'affiche clairement, on ne cache plus rien, on humilie. L'écart de prix entre les deux est tel que plus rien est accessible pour plus des trois quarts de la population. Toute notre société est comme ça aujourd'hui, les 40 ans en arrière, l'ont préparé à préserver une alimentation pour une caste, et une alimentation pour les pauvres, dire la vérité est une chose, nourrir correctement tout le monde en est une autre, et aujourd'hui il ne faut plus y compter.

Monsieur le Président, il vous faudra intervenir rapidement et prévoir des gardes fous, c'est très important, il en va de la survie de notre raison et de la morale, sinon, tout ce que vous ferez et ce que je vous dis, sera vain.

J'imagine que vous vous demandez comment ce cahier a pu arrivée en 2031 sur Mars ? Sachez que je ne vous ai pas encore tout dit, qu'il me reste à vous raconter la vraie raison de ce cahier justement, et le pire pour l'humanité.

A la lecture de ces mots, une sorte de panique s'empare du président ainsi que ceux qui y assistent. Le commandant arrête un instant de lire, la pression qu'il ressent est énorme, l'angoisse est pesante.

— Monsieur le Président, êtes-vous sur de vouloir que je continue la lecture ?

— Oui, continuez, continuez, de toute façon tout le monde en sait déjà trop. Le Président semble de plus en plus nerveux.

— Bien Monsieur le Président, je continue.

J'ai toujours su d'où je venais, mes origines de Mars, j'ai toujours su parce que mes parents me l'ont dit, ils ne m'ont jamais rien caché. Ils sont arrivés sur la terre avec vous et ont été pris en charge rapidement, ils ont appris à parler votre langue, enfin, notre langue et je suis venu au monde un peu plus tard, en parti cloné avec un humain.

Plus tard, j'ai essayé de comprendre ce bloc de pierre gravé, que vous avez avec vous aujourd'hui, je me suis toujours dit que s'il venait de ma planète, peut-être pourrais-je le déchiffrer, le comprendre.

En 2069, j'étais en train de lire votre livre Monsieur le Président, celui que vous écrirez un peu plus tard et qui se nomme, « Ce que j'ai appris ». Il raconte précisément ce qui s'est passé en 2031, tout ce que vous vous êtes dit avec le Pape dans le bureau ovale, ce que vous avez découvert sur Mars et tout le reste. Mes parents qui sont hélas morts il y a 6 ans, assassinés par des religieux qui les rendaient responsables du déclin de la société, et qui disaient que les gens ne croyaient plus en Dieu à cause d'eux, m'avaient tout expliqué aussi, enfin ce qu'ils savaient car ils étaient très jeunes à leurs arrivée. Ce jour-là, je pose votre livre, que j'ai dû lire au moins dix fois déjà, puis je reprends le bloc de pierre venu de Mars, et pour la cent cinquantième fois, peut-être, j'essaye de le déchiffrer. Et puis en ce 25 juin 2069, la pierre se met enfin à bouger, des blocs se décalent, l'ensemble se désarticule, puis se reforme et finit par s'ouvrir, enfin, une sorte de bip retentit, je viens de découvrir le code.

Un frisson me caresse, un instant de bonheur et d'inquiétude, se mélange en moi, je ne sais pas si je dois prévenir les autorités, je ne sais pas ce que je dois faire et finalement, je ne fais rien pendant deux jours, je m'interroge sur cette chose, elle est si vieille, elle vient de si loin, à quoi sert-elle ?

Et puis, le lendemain matin, le monde se réveille et partout le ciel est couvert de navettes spatiales, un décor venu d'ailleurs, venu d'un film de science fiction. On n'avait encore jamais vu une chose pareille, c'était à la fois impressionnant, magnifique et effrayant.

Pendant trois jours ils ne se passera rien, les gouvernements essayeront bien d'entrer en contact avec eux, mais ils ne bougeront pas, ils resteront silencieux, à attendre, et intercepter nos communications. Puis un jour ils prendront le contrôle de tous nos écrans, de tous nos appareils et ils nous parleront dans chacune de nos langues avec une voix stridente et dérangeante. Ils nous diront que nous avons déclenché la balise, que cette balise venait de Mars à la base et qu'ils venaient de retracer son parcours, et qu'ils savaient pourquoi elle se trouvait sur terre aujourd'hui, ils savaient tout de nous. Ils nous ont dit que cette balise était un repère d'évolution de l'espèce qui se trouvait sur Mars, et qu'ils savaient que c'était nous. Ils nous ont dit que le jour où elle serait découverte, ou plutôt que son message serait décodé, qu'elle serait activée donc, ce serait le jour où une personne de notre espèce, aurait atteint le niveau B d'évolution, c'est ce qui s'est passé, c'est pour cette raison que nous sommes ici.

Cette personne, nous venons la chercher, nous ont-ils dit, elle doit venir avec nous, mais avant ça, nous nous devons de répondre aux questions que vous vous posez tous depuis toujours.

Il y a très longtemps pour vous, nous sommes venus sur la planète bleue, que vous appelez la Terre et nous avons découvert un grand nombre d'espèces animales, que nous ne connaissions pas. Chaque animal avait une particularité intéressante. Très vite nous avons vu que certains pouvaient voler, d'autres vivre sous l'eau, il y en avait qui couraient très vite, d'autres qui étaient très agiles, très souples, des puissants, des résistants, mais parmi eux, aucun n'avait un niveau d'intelligence correctement élevé. Normalement, nous ne partons pas de si loin, mais nous avons eu envie de leur donner une chance. Nous avons donc décidé de faire des tests sur ces animaux, nous en avons sélectionné certains, puis nous les avons fait venir sur une planète vierge à cette époque, la planète rouge, que vous appelez Mars, et qui nous servait de base.

Pendant des années, nous avons fait des expériences génétiques, nous avons essayé de faire muter ces espèces ensemble, pour donner le maximum de capacités de chacune d'entre elles, afin qu'elles soient rapides, puissantes, résistantes, le tout, avec une intelligence venant de nos propres capacités, mais nous avons échoué.

Alors, nous avons ensuite décidé de laisser faire le temps, nous espérions que nos tests seraient couronnés d'un minimum de réussite dans un futur lointain, c'est pourquoi nous avons quand même décidé de laisser une balise. Mais aujourd'hui, personne de votre espèce, n'a

l'ensemble de ces qualités. Certains courent vite, d'autres nagent vite, il y en a des plus intelligents, des agiles, des lourds, des actifs, des fainéants, des forts, des faibles, exactement comme les animaux, vous leur ressemblez en réalité. Par contre, quand un cheval ne ressemble qu'à un cheval, qu'un lion ne ressemble qu'à un autre Lion, vous, ce que vous appelez l'espèce humaine, pouvez ressembler à chacun d'eux physiquement, mais sous une forme humaine. C'est un échec pour nous, nous avons le sentiment d'avoir juste réussi à donner un peu d'intelligence à des animaux incapables de maîtriser quoi que ce soit, vous détruisez tout ce que vous touchez. Vous ne savez construire qu'autour d'armes et de conflits, vous ne savez que vous auto-détruire, vous n'êtes pas capables d'avoir une vision commune, d'avoir un même but, chacun y va de son propre intérêt. L'animal qui est en vous, vous domine toujours, aujourd'hui il est plus fort que vous.
Je sais que vous comprenez ce que je suis en train de vous dire, je suis désolée, mais vous n'êtes que le résultat d'une expérience génétique qui a raté.

Tous sont estomaqués, sidérés par tant de violence verbale, l'homme réduit à un vulgaire test venant d'extraterrestres, est une chose très dure à entendre. Il n'est pas une évolution naturelle, il n'est pas la création de Dieu, non, il est la création d'une espèce supérieure à nous, il est la création d'une chose que nous sommes nous même en train de devenir, des apprentis sorciers, créateurs de vies ou de clones, des apprentis sorciers qui décident de qui doit vivre et de qui doit mourir.
Le Commandant, l'équipage le Président et Paul à la Nasa, sont tous effarés par ce qu'ils entendent, ils n'arrivent pas à y croire.

Nous parcourons l'univers depuis très longtemps maintenant, nous avons plusieurs planètes en test, et la votre fait partie de celles qui ont échoué, sans le déclenchement de cette balise, nous ne serions revenus que dans 3000 ans pour vous.

De votre planète, seul celui qui a déchiffré le code, sera accepté dans la galaxie que nous avons sélectionnée. Cette galaxie se nomme, Entoras, une galaxie où habitent des mondes entièrement peuplés d'espèces que nous avons nous même créées, pour le bien de notre système solaire. Ils sont les seuls à avoir répondu au test, ils sont les seuls à avoir répondu à nos attentes, à nos tentatives de mutations génétiques, les autres vies sont effacées, car elles sont une menace pour l'univers, comme les dinosaures l'ont été sur votre terre.

Je sais que cela doit provoquer un choc Monsieur le Président, mais je suis la seule survivante de notre monde aujourd'hui, de notre espèce. Ils m'ont très vite localisée, ils m'ont endormie je crois, puis je me suis réveillée ici, je ne sais pas comment ils ont fait pour supprimer la vie sur terre, je n'ai rien vu, mais je sais qu'à l'heure où j'écris ces mots, nous avons été effacés de notre planète. Dans le monde où je me trouve aujourd'hui, les avancées sont inimaginables. Je ne vais pas vous les expliquer ici, ça me prendrait trop de temps. Nous avons des passerelles, d'accès aux planètes où ils ont mis les balises d'évolution et de mutation, ça nous donne aussi la possibilité de déplacer des objets dans le temps si nécessaire, sur ces planètes, mais nous ne sommes pas capables de le faire avec une espèce vivante, nous ne maîtrisons pas bien le procédé. Nous avons un peu de mal avec la date aussi, nous avons un espace temps avec une marge d'erreur de cent à cinquante ans ce qui est beaucoup. Ca fait trois ans que je suis ici, mais la terre me manque. Dans ce monde, tout est blanc tout est en verre, tout est écran, tout est artificiel, tout est froid, tout est organisé, tout est carré, ça ne laisse aucune place à la fantaisie. On a beau ne pas être parfait sur terre, mais aujourd'hui, l'imperfection me manque. J'ai donc décidé de remettre mon avenir à une chance sur je ne sais combien, que vous trouviez ce cahier que j'ai envoyé sur Mars. Après avoir lu votre livre, je suis persuadée que le Chef Suprême finira par le trouver et le garder, même si cela restera un mystère pour eux, même s'ils ne seront pas capables de le comprendre, je suis sûr qu'il le gardera avec lui pour essayer de le déchiffrer un jour. A partir de là, je sais que vous aurez donc une chance de le trouver et de changer l'histoire.

Si j'ai envoyé ce cahier sur Mars, Monsieur le Président, c'est pour vous dire de ne pas ramener sur Terre, ce livre gravé, de le faire disparaître à tout jamais où je serai, où nous serons, responsables de la disparition de l'espèce humaine. Sachez donc que la vie existe ailleurs que sur notre planète et qu'elle ne veut pas forcément notre bien, nous sommes si loin de leurs avancées, qu'ils nous voient comme des parasites dangereux pour l'avenir. Je sais que ces mots sont forts, qu'ils sont blessants, mais je me dois de vous dire la vérité, pour que vous cessiez également d'essayer de rentrer en contact avec d'autres vies extraterrestres, qui ne seront jamais vos amis, ils vous traiteront comme certains d'entre vous, traitent les animaux, ou même les hommes aujourd'hui, ils n'auront aucune pitié. Je suis désolée d'être aussi directe, mais je n'ai pas le choix, vous devez comprendre la gravité de mes propos. N'oubliez jamais qu'ils existent et qu'un jour ils viendront quoi qu'il arrive.

Monsieur le Président, je vous souhaite bonne chance pour la gestion de ce moment et de notre avenir, qui je me doute, ne sera pas facile pour vous. Un jour peut-être, vous me verrez, merci de ne jamais me parler de tout ça, ni à moi, ni à mes parents et de ne jamais rien écrire dans un livre. Bonne chance à vous.

Tous restent sans voix, s'interrogeant, ils sont effondrés, choqués par ces révélations qui mettent fin de façon peu glorieuse à des milliers de questions, sur l'existence humaine et même sur ses rêves spaciaux, un silence qui dure quelques minutes, puis le Président reprend ses esprits et sur un ton de désolé, s'exprime.

— Bon, nous venons de vivre ensemble un moment tragique, un moment d'une gravité comme le monde n'en a jamais vécu. Nous avons deux défis qui s'ouvrent à nous, cesser la folie humaine le plus vite possible et faire en sorte de retarder la venue de ces extraterrestres. Demain, vous allez vous éloigner d'où vous vous trouvez, parcourez une bonne vingtaine de kilomètres, puis vous allez enfouir cette borne le plus profondément possible, surtout, n'essayez pas de la détruire, il ne faudrait pas qu'elle se déclenche, il ne faudrait pas qu'elle les alerte.

— Monsieur le Président, c'est Paul de la Nasa, que comptez-vous faire ? Comptez-vous révéler ces informations ?

— Écoute pour l'instant je n'en ai aucune idée, je l'avoue, je ne sais pas encore comment nous devons dans notre intérêt à tous, gérer ce moment. Une fois que les astronautes seront revenus sur terre, nous nous réunirons ensemble pour faire le point ; ça va nous laisser un peu de temps pour réfléchir, je compte sur vous pour ne pas en parler, ce n'est pas une chose à prendre à la légère. Je ne vous cache pas que je ne sais pas encore comment je pourrai annoncer une chose pareille, et dans le même temps, il faudra bien que nous nous préparions à leur venue un jour. Il faudra de toute façon en parler, nous ne pourrons jamais y arriver seuls.

— Je vous comprends Monsieur le Président, c'est une situation qui ne va pas être facile.

— Pour le moment, contentons-nous de faire ce que nous avons à faire, je compte sur vous Commandant.

— Vous pouvez compter sur moi Monsieur le Président, et je m'excuse encore de ne pas vous avoir prévenu d'avoir embarqué ces deux la.

— Bon, ce n'est pas grave, lui répond le Président encore un peu sonné. De toute façon, c'est une journée ou rien ne se passe comme prévu.

Mitch tourne sa caméra vers les deux créatures et tous restent un instant pensifs, la bouche ouverte en les regardant, en se refaisant le film de tout ce qu'ils venaient d'apprendre et se disant aussi, qu'ils venaient de lire les mots glaçants d'un être qui n'existait pas encore et qui verrait le jour sur notre terre, grâce à ces deux là, qui eux, ne sont autres, que leurs ancêtres. C'est une histoire de fous se disent-ils, mais c'est aussi l'histoire de l'homme, leur histoire.

Il est tard, le Président reste seul au calme dans son bureau. Il se lève, se dirige vers son bar, se sert un petit whisky, puis retourne se rasseoir. Il porte son verre délicatement à la bouche, boit une petite gorgée, puis décroche son téléphone.

— Paul

— Oui Monsieur le Président, que ce passe-t-il ?

— Je suis désolé, je sais qu'il est tard, mais, je crois que nous devons faire en sorte qu'ils ne reviennent jamais.

— Que voulez-vous dire ? s'étonne-t-il.

— Tu as très bien compris ce que je veux dire Paul, il ne faut pas qu'ils reviennent.

— Mais...

— Nous sommes les seuls à savoir ce qui s'est dit aujourd'hui, ils sont les seuls à savoir où est cette balise. Tu as entendu comme moi ce qu'a dit cette Alicia Ritad ? Crois-tu que nous puissions prendre le moindre risque ?

— Disons que…

— Nous n'avons pas le choix Paul, nous ne savons pas comment les choses vont se passer dans le futur, nous ne pouvons pas les laisser revenir avec ces créatures qu'on ne connaît pas. Nous ne pouvons pas laisser se balader des gens qui connaissent l'existence de cette balise. S'ils parlent, ça risque de provoquer de vrais fantasmes, certaines personnes feront tout pour savoir ou ils l'ont enterrée et surtout pourquoi. Même si Mars est très loin pour nous aujourd'hui, nous ne savons pas comment évoluera notre monde dans le futur, nous ne pouvons pas prendre ce risque. Si quelqu'un apprend l'existence de cette balise, il voudra en savoir plus et si on apprend l'existence d'une vie supérieure à la notre, si le monde apprend trop vite que nous ne sommes que le résultat de mutations génétiques, que se passera-t-il ? Il va falloir aller doucement, et voir comment nous allons devoir le faire passer dans les esprits, petit à petit. Revenir avec ces deux créatures après cet exploit, risque de mettre nos astronautes sous pression médiatique, ils risquent fort de commettre une faute et instaurer le doute, ils ne tiendront pas et il ne faut pas que ça se sache pour le moment, en tout cas, la population ne doit pas savoir, comprends-tu ?

— Oui je comprends Monsieur le Président, je comprends.

— Le politique a trop longtemps agi en ne pensant pas à l'avenir de ce qu'il appliquait, trop longtemps le court terme a été sa priorité et toujours le futur en a subi les conséquences. Cette fois-ci Paul, nous sommes dans l'obligation de regarder loin, de regarder très loin même. C'est comme si nous avions lu dans une boule de cristal, notre destinée.

— Je comprends Monsieur le Président, mais cette Alicia Ritad vous y pensez ? Sans elle, nous n'en serions pas là, nous ne saurions rien aujourd'hui !

— Bien sûr que j'y ai pensé, je suis sûr qu'elle savait au fond d'elle que cette possibilité pouvait se présenter, elle sait qu'elle n'existe pas encore pour nous, et que rien ne nous empêche de revoir nos plans. Peut-être même qu'elle fait ça dans l'espoir de sauver ses parents. Peut-être qu'elle se sacrifie pour nous, pour le monde, qui sait ?
— C'est possible en effet.
— Nous n'avons pas le choix Paul, écoute, on se voit demain matin et on regarde comment on peut procéder, je suis sincèrement désolé.
— Ne vous en faite pas, c'est votre rôle de prendre des décisions parfois difficiles.
— Bonne nuit Paul.
— Bonne nuit Monsieur le Président.
Les deux hommes raccrochent, partent se coucher avec pour chacun d'eux des images perturbantes plein la tête, en pensant au Commandant, au Capitaine et à Mitch qui sont encore à ce moment même sur la planète Mars.
Est ce que cela les empêchera de dormir ? Ca c'est une autre histoire...

Comme je vous le disais au tout début et comme vous avez pu le voir par vous même, cette histoire ne commence pas en 1976, à environ, soixante-seize millions de kilomètres de la Terre, quand, l'orbiteur Viking 1 prend des photos de la planète Mars. Non, cette histoire est bien plus ancienne et elle m'a été racontée par Garett Bewers, le Président des États-Unis en personne. Les choses ne se sont pas tout à fait passées comme il l'avait espéré. Paul le directeur de la Nasa a finalement refusé d'entrer dans son jeu, il lui a dit que même si pour le moment rien ne devait filtrer, il fallait impérativement revenir avec des preuves, il avait bien réfléchi cette nuit et qu'il refusait de les faire tous disparaître. Le Président a tout fait pour le convaincre, mais ça n'a servi à rien, il était dépité, très inquiet de ce qui pouvait se passer si la population l'apprenait.

Environ six mois après leur retour sur Terre, le Commandant, le Capitaine, Mitch, mais aussi Paul, ont tous été retrouvés morts dans des circonstances troublantes. Très vite, le FBI s'est orienté vers un agent de la CIA, et ceci est remonté très rapidement jusqu'au Président des États-Unis. Cette histoire est devenue une véritable affaire d'état, personne n'a compris ce qui s'était passé. Le Président est resté muet très longtemps, il ne pouvait plus parler ou le monde aurait su. Cette affaire a duré et bien après la fin de son mandat, il a été condamné à de la prison. Bien plus tard encore, ses avocats l'ont convaincu de dire la vérité, mais il était trop tard, le souffle médiatique était retombé. Il a essayé d'expliquer pourquoi il avait fait ça, pour nous alerter, mais tout le monde le prenait pour un vieux fou. Quand mes parents m'ont raconté cette histoire, j'ai voulu en savoir plus, je m'interrogeais sur cet homme, j'étais très intrigué par ce qu'il avait raconté, j'ai pu le rencontrer à plusieurs reprises juste avant qu'il ne meure. C'était un vieil homme, qui était si content de me voir enfin. Il avait essayé plusieurs fois de rentrer en contact avec moi, mais je ne l'avais jamais su. C'est comme ça que j'ai pu écrire ce livre que vous avez aujourd'hui entre vos mains, il m'avait prévenu de ne jamais chercher à décoder ce livre de pierre, il m'avait supplié de l'écouter, mais une force inexplicable me poussait chaque jour davantage. Je n'ai pas résisté à la tentation, je crois qu'au fond de moi, je le prenais aussi pour un fou, mais j'avais besoin de savoir si justement il l'était ou non. Je lui ai demandé où se trouvait ce soit disant cahier, que j'avais écrit de cet autre monde, il m'a répondu qu'il l'avait détruit aussi, pour que personne ne le trouve à l'époque. Il me disait qu'il pensait avoir fait le bon choix pour protéger notre monde, mais que si je ne l'écoutais pas, alors tout ce

qu'il avait fait serait inutile aujourd'hui. Plus il m'en parlait, plus je pensais qu'il était fou.

Je suis Alicia Ritad, je ne sais pas qui vous êtes, je ne
sais pas si quelqu'un trouvera ce livre un jour, mais si c'est
le cas, faites en sorte que le monde connaisse cette histoire. Plus il y aura de personnes convaincues, plus cette
histoire s'imposera comme la vérité et plus il deviendra
difficile de la combattre. La vérité finit toujours par triompher, mais elle ne donne pas toujours, le résultat que l'on
attendait. Vous vous demandez sûrement comment ce
livre a pu arriver sur Terre et entre vos mains ? Tout ce
que je peux vous dire pour le moment, c'est que cette histoire est notre histoire, mais vous ne le savez pas encore.

FIN

Remerciement à ma mère, mon fils, mes sœurs,
Lionel et ceux qui m'ont involontairement convaincu d'essayer
d'écrire cette histoire, alors que je ne leur avais montré
qu'un résumé de cinq pages, je remercie également ceux qui ont
participés à sa correction.

Enfin, je souhaite remercier particulièrement Alicia Ritad de
m'avoir permis de raconter son histoire,
ou plutôt, notre histoire.

Table des matières

Dépôt légal
06/2018

Imprimé par CréateSpace